Rapport sur moi

GRÉGOIRE BOUILLIER

Rapport sur moi

IDEM • VELLE

AC • IDEM • NOLLE

ÉDITIONS ALLIA

16, RUE CHARLEMAGNE, PARIS IVe

2002

“Un des ouvrages de Diderot tomba entre les mains de Frédéric II. L’empereur y trouva d’emblée ces paroles : Aux jeunes gens… Sur ce, il ferma le livre, comprenant bien qu’il ne s’adressait pas à lui.”

Prince de Ligne.

J'ai vécu une enfance heureuse.

Un dimanche après-midi, ma mère surgit dans notre chambre où mon frère et moi jouons chacun dans notre coin : "Les enfants, est-ce que je vous aime ?" Sa voix est intense, ses narines fantastiques. Mon frère répond sans ambiguïté. J'hésite à me lancer du haut de mes sept ans. J'ai conscience de l'occasion et, en même temps, je redoute la suite. Je finis par murmurer : "Peut-être que tu nous aimes un peu trop." Ma mère me regarde avec épouvante. Elle reste un instant désemparée, se dirige vers la fenêtre, l'ouvre avec violence et veut se jeter du cinquième étage. Alerté par le bruit, mon père la rattrape sur le balcon alors qu'elle a déjà passé une jambe dans le vide. Ma mère hurle et se débat. Ses cris résonnent dans la cour. Mon père la tire sans ménagement en arrière et la ramène comme un sac à l'intérieur de la pièce. Dans la lutte, la tête de ma mère heurte le mur et ça fait klong. Visible sur le mur, une petite tache de sang témoigna longtemps de cette scène. Un jour, je dessine au feutre noir des cercles autour et m'en sers de cible pour jouer aux fléchettes ; lorsque je mets dans le mille, j'imagine retrouver un bref instant la faculté de parler sans crainte.

Quand ma mère rencontra mon père, elle avait seize ans, il en avait dix-huit. C'était en 1956, lors d'une surprise-party donnée dans le pavillon de Bois-Colombes où la famille de mon père avait emménagé après la guerre de 39. Mon père animait la soirée en jouant de la batterie dans un petit orchestre de jazz constitué de condisciples en droit. Ma mère l'aida à faire la vaisselle ; un an plus tard ils étaient mariés et naissait mon frère, qu'ils prénommèrent Olivier, sans raison particulière, que je sache.

Mon père eut à peine le temps de voir son fils : l'armée le réclama pour effectuer son service obligatoire. Ce n'était pas le bon moment pour être appelé : au lieu des dix-huit mois réglementaires, ce qui ne s'appelait pas encore la guerre d'Algérie le contraignit à porter l'uniforme presque trois ans. Il fut caserné à Tizi-Ouzou, capitale de la Grande-Kabylie, où, selon lui, il ne se passait pas grand-chose.

D'être si rapidement séparée de son mari dépita ma mère. Sa décision fut vite prise : elle abandonna son bébé à sa belle-famille et partit retrouver l'homme qu'elle aimait en Algérie. Pour une jeune fille de dix-sept ans, ce genre d'intrépidité n'était pas courant à l'époque.

Là-bas ils s'aimèrent. Et plutôt trois fois qu'une, puisqu'un interne de l'hôpital de

Tizi-Ouzou tomba sous le charme de ma mère, qui n'en manquait pas ; bientôt il devait se joindre à leurs ébats ; c'est lors d'une de leurs parties à trois que je fus conçu.

"Tu es un enfant de l'amour", m'a répété toute mon enfance ma mère, sans que je sache ce que cela voulait dire et si ce n'était pas plutôt inquiétant. En public, elle aimait évoquer ma peau mate et le fait que je n'aie rien d'un Bouillier. Lorsqu'elle me révéla, bien plus tard et à ma demande, les circonstances de ma conception, elle conclut en disant qu'elle avait lu dans un magazine que lorsque deux hommes éjaculent dans le vagin de la femme, leurs spermatozoïdes, au lieu de rivaliser, fusionnent pour féconder l'ovule et donner naissance à un mutant.

Elle me raconta aussi que mon père bandait très bien et qu'il était homosexuel ; par la suite, elle prétendit avoir dit ça pour me faire plaisir.

Ma mère avait de qui tenir : elle allait sur ses douze ans lorsque son frère de deux ans son aîné se leva de table et lança au père qui le réprimandait pour une peccadille : "Tu n'es pas notre vrai père !" De fait, il s'agissait de leur oncle, qui avait secrètement pris dans le lit de sa belle-sœur la place que son frère y occupait avant de disparaître dans les premiers temps de la Seconde Guerre mondiale. Ma mère, née à la fin de l'année 1939, n'avait guère eu le temps de connaître celui à qui elle devait la vie. Elle devait obscurément s'en souvenir lorsqu'elle décida de rejoindre en Algérie un homme qui était lui aussi parti à la guerre aussitôt après la naissance de son enfant. Et de même qu'un frère s'était substitué à l'autre dans la personne de son père, c'est dans les bras de deux hommes qu'elle devint mère pour la seconde fois.

D'un frère l'autre, ma mamie vivait toujours avec un Pérard et elle n'eut pas à changer de nom pour continuer d'apparaître aux yeux du monde merveilleusement mariée. En somme, cela ne sortait pas de la famille et, administrativement, les choses s'en trouvaient simplifiées. Il fallut cependant effacer toute trace du disparu, ce qui suppose une certaine concentration puisqu'il s'agissait de faire silence tout à la fois sur un frère, un mari et un père. C'est dans cette manigance que les enfants furent élevés.

Des années durant, aucun d'eux ne soupçonna la vérité ; sauf l'aîné, dont certains souvenirs confus ne purent tout à fait être abusés. Pour ma mère, découvrir que sa vie s'établissait sur un mensonge fut “un choc”, se rappelle-t-elle encore. Ce disant, elle peut me regarder en face sans se troubler.

Quant à mon papi, homme affable, il adorait une petite chienne bâtarde qui le suivait partout comme son ombre. Il l'avait baptisée

Satellite, en hommage au Soyouz soviétique, affirmait-il ; génitalement parlant, c'était assez bien choisi et, vingt fois par jour, il pouvait appeler par son nom la vérité qu'il tenait par devers lui en laisse sans que personne ne s'en doute, et pas même lui. Lorsqu'il criait après Satellite, il l'appelait Saleté.

En vieux français, Pérard signifie "mauvais père".

Bouillier, pour sa part, désigne un "petit bois de bouleaux". Je sais donc de quel bois je suis fait, ce qui n'est pas donné à tout le monde.

A ma naissance, il était convenu que je m'appelle Nicolas ; mais Brigitte Bardot venant d'enfanter un Nicolas, ma mère changea aussitôt mon prénom en Grégoire. C'est ainsi que je suis devenu "celui qui veille, l'éveillé", étymologie de Grégoire, par le grec *egregorien*. Si je m'étais prénommé Nicolas, c'est la "victoire du peuple" que j'aurais alors portée, ce qui n'engage pas le même destin. Pour m'en convaincre, je devins quelque temps l'ami d'un Nicolas, lequel ne sut jamais ce que son prénom devait à notre camaraderie. Il ne portait nullement le peuple dans son cœur, et encore moins sa victoire.

Contrairement à la tradition, mes parents ne m'attribuèrent aucun autre prénom à la suite de Grégoire. Nul ancêtre, bon ou mauvais, ne me fut donc rattaché. Aucun mort dont je doive honorer la mémoire. A moi seul il revint de nommer un jour mon ombre.

Lorsque je sortis du ventre de ma mère, il paraît que je riais. Les sages femmes se disputaient presque pour s'occuper de moi : jamais elles n'avaient vu bébé si joyeux de faire son entrée dans la vie.

Trois jours plus tard, je pesais moins d'un kilo et mon état épouvantait. C'est que ma mère ne pouvait m'allaiter, ayant fait un abcès au sein, et je refusais catégoriquement le lait industriel Guigoz. Le lait de vache comme celui d'ânesse n'eurent pas plus de succès. On crut que je ne passerais pas une journée de plus lorsque je condescendis à absorber le lait d'une chèvre que l'on avait trouvée presque par hasard dans les environs de la maternité. C'est à cet animal à la réputation de sale caractère que je dois d'avoir survécu.

A Tizi-Ouzou, il faisait 40° à l'ombre le jour de ma naissance. "Jamais je n'ai autant souffert que ce jour-là", raconte volontiers ma mère. Elle aime rappeler que j'étais tellement énorme dans les derniers temps de sa grossesse qu'elle pouvait poser son assiette en équilibre sur son ventre au moment de prendre ses repas.

Comme pour son premier fils, ma mère n'a jamais douté qu'elle attendait un garçon. "Je suis incapable d'avoir une fille", dit-elle avec fierté. Ce qui ne l'empêchait pas de me friser les cheveux avec son Babyliss quand l'envie lui prenait. Elle dit aussi que jamais elle ne voulut d'un troisième enfant, persuadée qu'il aurait été difforme ou mongolien. Et une fois je l'entendis s'esclaffer : "Je suis une vraie lapine", exprimant par cette formule imagée le don qu'elle avait de tomber enceinte dès qu'elle faisait l'amour, et même parfois pendant ses règles. Elle ne sait plus combien de fois elle avorta. Une bonne quinzaine, avouet-elle sans gêne. Mon père l'assistait parfois. Ensemble ils expérimentèrent diverses techniques. Cela se passait l'après-midi, lorsque mon frère et moi étions à l'école. Un jour qu'elle dut opérer seule, ma mère s'enfila des litres de mercurochrome dans le vagin pour faire passer le fœtus. C'est in extremis qu'elle fut sauvée d'une hémorragie interne.

Ma naissance mit un terme à l'épisode algérien de mes parents. En charge d'un deuxième enfant, mon père fut en effet dégagé de ses obligations militaires ; pour lui, la guerre était terminée, sans qu'il eût tiré un seul coup de feu. Ce fut là une première conséquence de mon apparition sur Terre. Mes parents pouvaient même se réjouir d'avoir conçu un heureux événement au milieu de ce qu'on appelait les “événements”, qui étaient certes moins heureux. En revanche, il leur fallut renoncer à ce rapprochement franco-algérien qu'ils sanctifiaient dans un lit pour leurs plaisirs. De fait, ma mère refusa de rester en Grande-Kabylie, bien que son amant l'en suppliât, et le trio se sépara, pour ne plus exister que dans les yeux de ma mère lorsqu'elle me regarde.

Longtemps ma mère refusa de me dévoiler le nom de l'interne de l'hôpital de Tizi-Ouzou. Lorsqu'elle me l'avoua enfin, je le notai dans un carnet et n'y pensai plus. Je n'ai jamais cherché à le connaître. Lui non plus.

Il m'est resté des circonstances de ma naissance l'impression d'être l'enfant d'une guerre qui, comme tant d'autres choses, ne disait pas son véritable nom. Ainsi qu'une perception de l'histoire incompatible avec les versions officielles, moins niaise et morbide que celles qu'en donnent ceux en charge de l'écrire. De même, lorsque les temps furent à la prétendue "libération sexuelle", j'en étais déjà le fruit, mes parents n'ayant eu besoin d'aucun mot d'ordre pour jouir sans entraves. Boccace et Aristophane ont toujours été pour moi proches de la vérité, ainsi que Sade et Georges Bataille, mais ce dernier surtout parce qu'il porte les mêmes initiales que moi.

Sur le livret de famille de mes parents, il est écrit que je suis né le 22 juin 1960. A l'école, j'appris très tôt que Galilée avait abjuré le 22 juin 1633 devant l'Inquisition romaine ; et le 22 juin 1940, Daladier signait l'armistice avec Hitler dans un wagon. Pour me consoler, je pris l'habitude de noter ma date de naissance de manière algébrique ; parfaitement équilibrée, la suite de chiffres 22 06 60 me semblait recéler un mystérieux palindrome arithmétique me distinguant cette fois favorablement du lot.

L'année 1960 fut, en vertu du calendrier grégorien, bissextile ; le 22 juin tomba ainsi le jour de l'été. C'est moi qui rallonge les jours, ai-je longtemps fanfaronné. Lorsque ma vie devint plus sombre, j'ai préféré dire que je raccourcissais les nuits.

Les trois femmes avec qui j'ai vécu jusqu'ici ont au moins deux points communs : toutes entretenaient des rapports conflictuels avec leur pèrc et chacune naquit entre la mi-septembre et la mi-octobre, c'est-à-dire environ neuf mois avant le mois de juin. Entre elles et moi, il y eut d'ailleurs toujours l'hiver et le printemps à traverser.

Celle dont la date de naissance s'approcha le plus de celle de ma conception naquit un 18 septembre. A quatre jours près, je pouvais me croire en présence du mystère de l'incarnation de mon âme, comme on dit. Elle naquit en 1968 ; j'avais donc huit ans à l'époque et, neuf mois plus tard, j'atteindrais l'âge de neuf ans. Or, disparaissait au même moment à tout jamais Marie-Blanche, qui fut pour moi la première entre toutes. J'ai souvent songé que ces deux événements étaient liés et que celle qui venait d'apparaître sur Terre témoignait de la disparition de l'autre pour respecter un certain équilibre, sinon dans l'univers, du moins dans ma vie.

J'avais trois semaines lorsqu'un bimoteur Bréguet nous transporta, mes parents et moi, d'Alger jusqu'à Lyon, où il était convenu que mon parrain nous recueille. Notre vol essuya un orage que mes parents se rappellent encore. J'hurlai tout le temps de la traversée. L'avion craquait de toutes parts, ballotté par la foudre et la pluie. Le commandant de bord jugea nécessaire de venir en personne rassurer ses passagers. Se penchant sur mon couffin, il voulut me calmer ; je redoublai de pleurs.

Cette traversée mouvementée devait laisser des traces. Car toute mon enfance je fis le même cauchemar d'une tête qui, grimaçant au-dessus de mon lit, se précipitait soudain vers moi à toute allure, quoique infiniment lentement. Et par la suite, je n'ai jamais quitté un amour pour un autre, ni changé de vie ou de situation, sans que tout tourne à l'orage. L'idée que je me fais du changement est indissociable de la sensation de chaos. C'est même au point que le tumulte a pu me faire croire parfois au changement lui-même. Si le ciel avait été clément entre Alger et Lyon, il m'arrive d'imaginer que c'est en douceur que j'aurais traversé certains événements, et peut-être même la vie.

Mon parrain résidait, à la sortie de Lyon, dans le château du chevalier de la Barre, célèbre pour avoir été le dernier supplicié de l'Ancien Régime après qu'il eut dédaigné de se découvrir au passage d'une procession religieuse. Un grand parc entourait le château, sorte de petit manoir du XVIIIe siècle que la municipalité de Vaulx-en-Velin fit raser en 1974, lui préférant un bâtiment vert pomme, d'une laideur devenue commune, qui abrite encore aujourd'hui un cinéma associatif. Les champs qui, en 1961, s'étalaient autour du château sont aujourd'hui des barres et des cités HLM où l'on s'ennuie jusqu'à l'émeute sur des kilomètres.

Mes parents logeaient dans une aile, mon parrain et sa jeune épouse dans une autre. Cette vie, amoureuse et légère, dura une année. Pour l'anniversaire de sa femme, mon parrain lui acheta une petite voiture, ainsi qu'elle en rêvait. Lors de sa première sortie, elle percuta un platane et mourut sur le coup. Mon parrain ne se remit jamais d'avoir offert la mort en cadeau à sa femme et prit en horreur tout ce qui l'entourait. Mes parents durent vider les lieux. Ils ne revirent jamais plus celui qui devait se porter garant de mon instruction religieuse.

A Lyon même, mes parents trouvèrent à se loger dans le quartier de la Croix-Rousse. Ce ne fut pas sans mal. Ils n'avaient pas d'argent, mon père ayant rompu avec sa famille après avoir menacé son père d'épouser une "négresse". Quant à ma mère, elle ne pouvait compter sur ses parents, dont les salaires d'ouvriers à la chaîne aux usines Michelin suffisaient à peine à leurs besoins. C'est ainsi que, tandis que mon père cherchait du travail, ma mère courait les petits hôtels en quête d'une chambre pour la nuit ; elle devait en changer presque chaque jour car ma présence dans ce genre d'établissement était rarement bien vue. Heureusement j'étais un bébé fort sage et, le plus souvent, ma mère parvenait à dissimuler ma présence, m'enfouissant dans un sac lorsqu'elle passait devant le tôlier.

Mes parents m'ont très souvent raconté que, se retrouvant une fois totalement démunis, ils durent se priver trois jours durant de manger, réservant ce qu'il leur restait de monnaie pour mes biberons.

A bout de ressources, mon père finit par contacter son père. Celui-ci promit de l'aider financièrement, à condition qu'il renonce à sa "musique de nègre". Mon père rangea sa batterie et nous nous installâmes à Bois-Colombes, où je découvris que j'avais un frère de deux ans et demi mon aîné, et lui un cadet et des parents.

Pour ses quarante-cinq ans, j'offris à mon père une mini-batterie ; il en joua dans la soirée, puis la remisa le lendemain au grenier et n'y toucha plus.

Certains dîners joyeux et arrosés, il arrivait que mon père, entendant un air de jazz à la radio, ouvre un paquet de spaghettis et, les séparant en deux poignées, s'en serve pour jouer des baguettes sur la table, les assiettes et les verres ; à mesure qu'il swinguait, les spaghettis se cassaient et volaient dans tous les sens ; à la fin du morceau, il ne lui restait plus rien dans les mains. Des jours plus tard, on retrouvait encore des bouts de spaghettis sur la moquette.

Le pavillon de Bois-Colombes était une grande maison impossible à chauffer l'hiver. Le matin, il fallait taper des mains et des pieds dans l'escalier qui menait à la cuisine pour faire fuir les souris.

Une nourrice nous gardait, mon frère et moi. Elle s'appelait madame Guillaumot. Mon frère me révéla des années plus tard que son goût pour les hommes tenait peut-être à ce patronyme : son premier amant s'appelait Guy.

Je ne garde aucun souvenir de madame Guillaumot, hormis celui, confus, de la gifle qu'elle me donna si fort que je tombai du haut de ma chaise de bébé ; mon front se fendit en deux. Madame Guillaumot expliqua à mes parents que je m'étais cogné tout seul contre l'angle du frigidaire. Il m'est resté de ce mensonge une cicatrice qui, aujourd'hui encore, semble de la veille. Comme un refus que ma tête soit recousue avec cette turpitude enfermée dedans.

Sur toutes les photos qui me montrent enfant, cette cicatrice disparaît derrière une frange qui cache mon front ; lorsque je quittai mes parents, je rejetai mes cheveux en arrière et elle apparut au grand jour, fraîche et rose, jamais refermée.

Il n'est pas rare que des gens qui me connaissent pourtant depuis longtemps s'étonnent de cette blessure que j'ai au front. Ils ne l'ont jamais remarquée auparavant et la croient récente. J'explique alors que c'est ma mère qui m'a mordu.

Nous déménageâmes à Aubervilliers. Un soir, ma mère rentra du travail et s'allongea pour se reposer un instant. Mon père était parti nous récupérer mon frère et moi chez la nourrice. Soudain elle m'entendit l'appeler "Maman" à trois reprises ; ma voix lui parvenait si nette qu'elle crut, s'étant assoupie, que nous étions rentrés sans qu'elle s'en aperçoive et que je l'appelais du bord de son lit. Mais il faisait nuit et l'appartement était vide. A cet instant précis le téléphone sonna et mon père lui annonça que je venais d'être admis d'urgence à l'hôpital. Le visage défiguré par des boutons, je ne parvenais plus à respirer et suffoquais dangereusement. Les médecins songeaient à la diphtérie, maladie mortelle à l'époque.

Pour prévenir toute contagion, on me plaça en quarantaine dans une chambre stérile. Mes parents ne pouvaient m'approcher et c'est de derrière une vitre qu'ils m'envoyaient de silencieux baisers qui ne m'arrivaient jamais. Des infirmiers gantés et masqués avaient seuls le droit de se trouver en ma présence. Ma mère pleurait de me voir dans cet état. Son amour, pour une fois, était impuissant.

Cette situation d'isolement complet dura sept jours et sept nuits, où je continuais si bien de dépérir dans ce cercueil de verre que l'on vit le moment où j'allais mourir. J'avais à peine quatre ans.

Les analyses révélèrent enfin que j'avais contracté des staphylocoques dorés. Nouvellement commercialisée, la pénicilline eut vite raison de mon mal. J'y perdis cependant l'odorat, ce dont personne ne se rendit compte. Moi-même le dissimulai longtemps, sous couvert de stratégies que je développais. J'affirmais par exemple avec enthousiasme que la salade sentait bon le citron après avoir surpris un pépin dans la vinaigrette. Si jamais je suis intelligent, c'est en trompant mon monde que je le suis devenu : que ne devais-je étudier les apparences pour leur donner un sens que j'avais perdu. C'est ainsi que je sus très tôt que le vraisemblable ne se confond pas avec la vérité, ni le réel avec sa représentation, ce qui m'éloigna rapidement de mon époque. Je devins d'ailleurs très tôt solitaire puisque non seulement il me fallait garder secrète mon anosmie, mais cela au milieu de gens qui ne me faisaient guère envie si je pouvais les abuser si facilement.

Vers l'âge de dix ans, j'osai enfin révéler mon handicap. “Ne dis donc pas de bêtises”, me rétorqua ma mère. Je n'en parlai plus et développai encore plus mes facultés intellectuelles.

A l'école primaire, j'ai obtenu ma meilleure note de rédaction en racontant le souk de Marrakech, ses couleurs chatoyantes et ses odeurs enivrantes. La maîtresse lut ma copie devant tout le monde et la fit même circuler dans d'autres classes. Ce fut mon premier succès dans le monde. Il me fit bien réfléchir sur la littérature et sur l'imposture : je n'étais jamais allé à Marrakech et n'avais pas d'odorat.

Staphylocoques dorés : ces six syllabes m'ont longtemps fasciné. Je n'étais pas peu fier d'avoir attrapé ce qui s'avérait si difficile à orthographier et me plaisait l'obscénité qu'il y avait à m'aventurer si loin de mon vocabulaire quotidien. C'était comme dire un gros mot en toute impunité. Ou parler une langue interdite. Dans un dictionnaire, j'eus même la satisfaction de découvrir que ce dont j'avais failli mourir était parfois appelé la “maladie du roi”.

J'en déduisis que la mort était aussi exceptionnelle et mystérieuse que le nom de ma maladie était long et compliqué. Je ne devais plus en démordre. Toute maladie de moins de quinze lettres devint dès cet instant pour moi roupie de sansonnet. Lorsque mon père déclara un cancer, je ne m'inquiétai nullement de son sort, n'imaginant pas qu'un mot de seulement deux syllabes pût l'emporter ; autour de moi, chacun s'inquiétait pourtant et je crus que j'étais insensible.

En revanche, j'eus un choc lorsqu'il fut hospitalisé pour une péritonite aiguë : sa mort m'apparut soudain terriblement proche, au point que je fis un malaise dans la chambre où il était alité ; mon père était pourtant tiré d'affaire et, sur le bord de son lit, ma mère plaisantait. Lui suppliait qu'on ne le fasse pas rire : on venait de lui recoudre le ventre et le moindre spasme le mettait au supplice. Il souffrit beaucoup et en silence.

Mes staphylocoques dorés furent l'unique hospitalisation dont j'eus à souffrir dans mon enfance. Amygdales, végétations et autres appendicites m'ont en effet été épargnées. Mais c'est que j'ai toujours refusé qu'on me mutile. A table, ma mère adorait raconter que la sage-femme de l'hôpital de Tizi-Ouzou, tandis qu'elle me lavait des sanies de l'accouchement, lui demanda d'une voix paraît-il enjouée : "Vous voulez qu'on lui coupe". Ce disant, ma mère éclate de rire, répète plusieurs fois à la cantonade "Vous voulez qu'on lui coupe ?", ce qui la fait se tordre de plus belle, et les convives avec elle. Personne ne songe à m'expliquer qu'il s'agissait de me circoncire. Ce qui ne change rien puisque ma mère riait précisément du quiproquo. Mais moi, j'ai frémi des années durant que l'on puisse décider du sexe des enfants après leur naissance et que je devais au seul bon vouloir de ma mère d'être un garçon et non une fille. Si elle avait dit oui ?

Depuis mes staphylocoques dorés, je ne suis plus jamais tombé malade, ma vie ayant, semble-t-il, été depuis près de quarante ans en accord avec ma constitution, ou vice versa, cela malgré divers excès, ou pour cette raison même. Je n'ai jamais souffert de constipation ni de maux de tête ; et je n'appelle pas être malade les deux seules fois où l'on dut m'hospitaliser : la première pour une double fracture de la mâchoire après m'être fait tabasser dans les couloirs du métro ; la seconde pour une rupture complète du tendon d'Achille survenue pendant un match de badminton, alors qu'approchait la naissance de ma fille.

La vérité, c'est que je n'ai conservé aucun souvenir de mes staphylocoques dorés. Ou plutôt, je n'ai d'autres souvenirs que ceux que fabriquèrent mes parents en évoquant très souvent ce haut fait de mon enfance comme l'une des grandes peurs de leur vie. Leur version n'a jamais varié. A savoir qu'on les attrape en buvant de l'eau croupie et que j'avais dû les contracter en léchant la vitre du train qu'il fallait prendre, chaque dimanche soir, pour revenir de chez mes grands-parents. “Tu portais toujours tout à ta bouche”, affirme ma mère.

Quelque vingt-cinq ans plus tard je rencontrai une jeune fille dans un train qui me ramenait de Berlin ; elle dormait, rencognée contre la vitre du compartiment ; lorsque je passai dans le couloir, elle ouvrit les yeux et ce fut comme si elle m'amalgamait à son rêve : l'instant d'après elle était derrière moi, s'accrochait à chacun de mes gestes et m'aimait pour les sept années à venir d'un amour virulent qui me prit à la gorge dès qu'elle me sauta au cou. Elle s'appelait Laurence, faute peut-être que "l'eau croupie" soit un prénom. Souffrait aussi d'une maladie de peau.

Lorsque je réalisai que cette rencontre reconstituait dans les moindres détails ce que mes parents m'avaient dit sur la manière dont j'avais attrapé des staphylocoques dorés, j'éclatai de rire. Et cessai aussitôt de désespérer d'un amour qui m'était apparu jusque-là invincible et funeste. Le choc amoureux qu'avait constitué notre rencontre était en réalité un choc toxique.

Ne le préméditais-je d'ailleurs pas ? Peu après notre rencontre, Laurence me dit : "Tu me plais" ; à quoi je répondis, me croyant malin : "De quelle plaie parlez-vous ?" – car je la vouvoyais longtemps. Je ne fus pas déçu puisque s'ensuivirent sept années de tourments, pires que ceux d'Alceste avec Célimène ; ou de monstrueux délices, qui n'appartiennent qu'aux maladies, ces manifestations ultimes de la vie lorsque celle-ci n'a plus d'autre choix.

La période d'incubation de notre amour prit fin très tôt. Car après quelques mois merveilleusement fiévreux, tout empira. Il y avait en elle une espèce d'hostilité à mon encontre, contenue au début, mais à laquelle elle finit par consentir, comme avalée. A propos de tout elle me contredisait et sur rien nous n'étions d'accord, sauf dans un lit. A chaque instant elle m'extorquait des sentiments, mais elle ne m'aimait jamais davantage que lorsque je n'étais pas là ; c'était comme si son amour pour moi voulait se passer de moi et nous étions comme le jour et la nuit s'exaspérant de leur perpétuelle alternance. Au début de l'été, je lui déclarai qu'elle n'était pas une fille pour moi. Trop de choses nous heurtaient l'un chez l'autre, et la suite ne pouvait être que désastreuse ; elle n'aurait même pas le charme d'être imprévisible. Laurence refusa de m'écouter. Nous étions assis sur les marches d'une église. Elle voulait qu'on se marie.

Je la chassai à plusieurs reprises ; elle revint chaque fois et je cédai toujours. J'abominais la faiblesse de caractère qui devenait la mienne à son contact. Même les nuits que je passais parfois dans d'autres lits me ramenaient vers elle. Mais c'est qu'aucune ne jouissait comme elle. Il suffisait de frôler ses seins pour que tout son corps se mette à trembler. Ses yeux très bleus viraient alors au noir marine et rien qu'à les fixer je me sentais aspiré dans un néant qui m'enseignait que je n'étais rien, pas même poussière, pas même grain. Pour tenter d'exister, je me faisais sperme, érection, émois à répétition. En vain. Avec elle, l'amour s'annonçait comme une immense accumulation de jouissances qui, je m'en rendais compte, faisait de moi un être hagard et indifférencié.

Chaque jour, Laurence me téléphonait pour me dire de prendre soin de moi et, dans sa bouche, cette marque de tendresse sonnait comme une menace. Elle avait aussi une certaine façon de me dire "Je t'aime" qui révélait un énième amant, encore une nouvelle liaison ; ce n'était pas de la jalousie, mais je ne lui demandais pas tant de serments, ni qu'elle m'humilie de plus en plus ouvertement. Rares furent mes amis à repousser ses avances. Sans cesser de répéter qu'elle m'aimait, sa conduite piétinait minutieusement tout ce qui m'était précieux et je me voyais me trahir moi-même à supporter l'insupportable. "Ton angoisse de la mort m'assassine", m'obstinais-je à lui faire comprendre. Elle déclarait alors haut et fort aimer tous les hommes, comme celle que j'avais connue avant elle avouait tout bas le contraire, et c'était la même négation que je devais affronter. La même peur.

Elle agissait comme si elle voulait prendre ma place et je la voyais chercher à faire de moi sa femme, selon l'idée acquise qu'un homme se comporte comme un salaud. Un jour, elle crut même qu'il lui poussait un pénis ; il s'agissait d'un kyste, d'une forme étonnamment phallique, et je lui conseillai d'aller voir un médecin. “Tu ne supportes jamais qu'il m'arrive quelque chose de bien”, répliqua-t-elle en refermant les cuisses. Elle mit longtemps à consulter un spécialiste.

Que je lui résiste la rendait folle. Elle croyait à une tactique de ma part. Ou alors j'avais un problème psychologique et devais me faire soigner. Elle avait des solutions pour mon cas. “Il faut que tu cesses de refuser la vie”, me disait-elle. “Ne te prends pas pour la vie, rétorquais-je. Je ne refuse que celle que tu me fais mener. – Ce n'est pas de ma faute. – Il s'agit bien de cela.” Et ainsi de suite, pendant sept années.

Ce qu'elle faisait de la langue m'étranglait plus que tout. Elle avait des mots plein la bouche, et des plus ronflants, des plus universels, qu'elle jetait en l'air sans souci de savoir où ils retombaient. Rien de ce qu'elle disait ne l'impliquait. Elle pouvait dire le contraire de ce qu'elle pensait et agir de même. C'était même un principe. Jouir lui tenait lieu de pensée. Elle voulait profiter de tout. Profiter était son mot. Il fallait profiter. Mais aimer, vivre, exister n'était pas profiter pour moi ; il s'agissait de verbes différents. Le monde n'était pas un gâteau dont il fallait s'empiffrer avant qu'il ne soit trop tard. Quel monde ? Quel gâteau ? Malgré ses petits seins et sa délicate fleur de peau, je ne pouvais souffrir sa syntaxe. Quand elle parlait, elle était des millions et c'était trop de monde pour moi.

Chaque jour elle donnait des coups de pied dans la télévision que j'avais fini par regarder comme un ivrogne pour ne plus rien voir ni entendre. Je ne voulais pas finir Unrath. La punition qu'elle cherchait m'était étrangère. L'immense gifle que je lui donnai une fois ne me procura aucun plaisir. Mon idéal n'était pas de devenir maquereau ni gigolo. Sur les décombres de mes sentiments retournés contre moi, je ne me souciais plus que de fabriquer des anticorps contre elle. Il en allait de ma survie, croyais-je, comme à quatre ans il avait fallu que je me batte contre l'infection qui m'attaquait de l'intérieur pour ne pas mourir.

J'appris la haine, puis le dégoût de moi. J'allais jusqu'à trafiquer son téléphone pour entendre ses conversations dans l'espoir de découvrir ce qui m'échappait dans notre histoire. Il m'arriva d'aller vomir dans la baignoire en l'entendant parler de moi. Elle riait grassement. Juste après avoir raccroché, elle venait presque chaque fois me faire coucou dans mon bureau situé sur le même palier et, comme au ralenti, je la voyais s'avancer en souriant vers moi, me passer les bras autour du cou et me dire qu'elle m'aimait. Je sus alors ce qu'est avoir pitié de soi. Ses amants hommes et femmes n'étaient pas épargnés non plus dans ses conversations et j'appréciais la façon dont elle monnayait son ascension sociale : à chacun elle s'offrait et faisait croire qu'il était unique ; cela les flattait tous semblablement. La forme que prenait sa détresse m'aurait attendri si je n'avais été dans son collimateur. J'aurais ri des leçons de morale qu'elle donnait si elle n'y avait cru elle-même. C'était au-dessus de mes forces.

Ma déchéance devint telle qu'à personne je n'osais me confier. Ma vie ressemblait à une chambre stérile dont je ne pouvais plus sortir et où j'agonisais sans fin. J'avais honte de moi. M'accusais de ne savoir ni aimer ni me laisser aimer. Je tremblais en la voyant approcher. Partager le même air qu'elle me suffoquait. Je ne logeais plus que dans de récalcitrantes éruptions cutanées ou dans mes cheveux en bataille, seuls endroits où je trouvais refuge. Je n'en continuais pas moins de la retrouver chaque nuit. Mais j'avais cessé de croire qu'une petite fille muette agitait désespérément les bras dans son poing fermé derrière son dos. Je réalisais qu'on ne pactise pas avec les staphylocoques dorés.

Une certaine Anastasie-Louise, qui reste pour moi le nom exotique de la pénicilline, eut alors raison de ma détresse. Elle me prit la main dans le parc de Chatou et sa joie, qui venait de Trinidad, fut aussitôt un antidote au mal français qui me rongeait. Elle fut pour moi cette plante moly dont il est dit dans *L'Odyssée* qu'elle protégea Ulysse de la puissance sexuelle de Circé, la magicienne qui transformait en pourceaux les marins accostant sur son île. Joyce s'en souvint plus tard, qui fit de Molly un personnage d'*Ulysse* ; dans mon cas, elle ne fut pas une fiction.

Mes bonnes fortunes ont d'ailleurs toujours eu des noms en i : Lili Kim, Valérie, Aurélie, Mélanie, Caroline, plusieurs Nathalie, des Catherine, Birgitt, Corine… Avec elles, je me suis toujours senti requinqué et je leur dois de n'avoir pas désespéré de la vie. En revanche, les trois femmes avec qui j'ai vécu furent Gaëlle, Fabienne et Laurence. Pour moi, l'amour est aussi une affaire de voyelles.

Anastasie retourna dans son pays. J'envisageais sans trop y croire de la rejoindre, lorsque Laurence m'annonça qu'elle arrêtait la pilule. Loin de me surprendre, sa décision m'apparut évidente. La pénicilline m'avait sauvé et n'était-il pas logique que soit programmée ma sortie de la chambre *stérile* ? Je crus que s'annonçaient enfin des jours heureux et je renonçai à Anastasie. Laurence tomba enceinte. Pour la première fois peut-être je me sentais en accord avec elle, comme si un voile s'était déchiré pour me la restituer. J'avais tout à coup cessé d'être un homme de quatre ans. Je l'aimais enfin sans réserve.

Lorsque naquit la petite fille, ce fut une joie unique. Elle avait mes yeux et mon front.

Neuf mois plus tard Laurence m'annonçait notre rupture. Il avait fallu qu'elle devienne mère pour se décider. “Je peux te quitter puisque maintenant que nous avons fait un enfant, je sais que je ne te perdrai jamais”, me dit-elle au téléphone. Cette phrase creuse encore des galeries en moi, comme une taupe que l'on aurait enfermée dans mon corps. “Mais depuis le début tu me perds”, m'écriai-je affolé dans le combiné. “De quel père parles-tu ?”, répliqua-t-elle doucement. La boucle était bouclée. Je crus alors qu'il ne restait plus rien d'authentique en moi.

C'était donc cela, avoir attrapé des staphylocoques dorés. Et le plus extraordinaire fut peut-être que Laurence joua parfaitement le rôle que ma maladie lui avait assigné (mais sans doute jouais-je moi-même dans son rêve le personnage qui m'était destiné). Je l'avais parfaitement choisie et, sans elle, jamais je n'eus traversé ma propre obscurité. C'est au point qu'en me faisant un enfant, Laurence s'arrangea pour ne jamais sortir tout à fait de mon existence ; or, les staphylocoques dorés sont une souche pathogène dont on ne guérit pas : nichés dans les replis de l'organisme, les germes ne font que dormir après le passage dévastateur des antibiotiques, attendant de s'éveiller à la faveur d'on ne sait quelle circonstance.

Que mes parents m'eussent raconté que j'étais tombé malade d'une tout autre manière, par exemple en me roulant dans l'herbe ou en avalant des cailloux, je ne doute pas que c'est d'une autre dont je serais tombé amoureux, et certainement pas dans un train. Ce qui ne change rien au fait que je devais revivre ce que j'avais oublié. De toutes les raisons qui prétendent expliquer un amour malheureux, c'est celle de mes staphylocoques dorés que je préfère. On croit penser à tout et on oublie les maladies infantiles.

Il me fallut plusieurs années avant de retrouver de l'appétit pour vivre et récupérer une liberté de pensée et de mouvement. Je venais de passer les quarante ans. Depuis l'âge de vingt ans, je m'étais toujours répété que ma vie ne commencerait réellement que lorsque j'aurais atteint cet âge. Cette conviction me faisait tenir debout et m'autorisait toutes les fantaisies. Elle m'a aussi empêché de me suicider – et peut-être même de mourir tout court. Je ne m'étais pas trompé : passé la quarantaine, j'avais effectivement l'impression de me mettre à vivre, comme si tout ce qui avait précédé était une parenthèse obligée.

C'est évidemment trop tard que je remarquai qu'il ne s'agissait pas de n'importe quelle quarantaine, mais de celle où l'on m'avait placé à l'âge de quatre ans pour éviter toute contagion. J'en étais sorti guéri et j'avais fini par me persuader qu'il n'y avait de vie pour moi qu'après quarante ans. Les limites de mon monde étaient ainsi un mot de onze lettres. Lorsque je me rendis compte que mon existence était structurée par le langage, je demeurai accablé. Je songeai que si la quarantaine de mon enfance s'était appelée la trentaine, je n'aurais pas attendu d'avoir quarante ans pour m'en apercevoir.

Quant à savoir quel sens je perdis cette fois dans la bataille, je crois qu'il s'agit du sens de l'orientation, qui me fait aujourd'hui défaut alors que je n'en manquais pas avant de tomber passionnément malade de Laurence. Un reportage décrivant comment le pôle nord magnétique venait de basculer sur son axe modulaire pour s'établir dans les Ardennes ne me surprit nullement à l'époque. Pas une seconde je n'envisageai qu'il s'agissait d'un poisson d'avril.

Lorsque Laurence partit, la petite fille tomba malade le lendemain même ; un an plus tard elle était opérée d'un uretère qui lui poussait en trop et menaçait de ruiner ses reins. Entre-temps, elle souffrit chaque mois à l'hôpital Necker des piqûres qui éclataient les veines trop fines de ses bras, ses pieds ou son front, jusqu'à ce que quelques millilitres de son sang puissent enfin être entubés à des fins d'analyse. Elle hurlait tandis que je lui tenais les mains et lui parlais sans discontinuer. Une infirmière, maladroite et fatiguée, voulut une fois lui couper la carotide pour accélérer les choses. Il fallut se fâcher pour l'en empêcher.

De cette période de sa vie, l'enfant ne sait que ce que sa mère et moi lui avons dit. De temps en temps elle se montre curieuse et il faut lui raconter ce qu'elle a vécu et dont elle ne garde aucun souvenir, quoique sa mémoire n'ait rien oublié de l'expérience de la mort qu'elle fit à cette occasion. Lorsque je songe à ce que cela peut vouloir dire, je voudrais déchirer la terre et le ciel.

La vie à Aubervilliers ne dura guère. Répondant à une petite annonce, mes parents se trouvèrent tout heureux d'échanger leur appartement en HLM dans une banlieue monotone contre un trois pièces à Paris, qui plus est rue Marbeuf, à deux pas des Champs-Elysées.

C'est ainsi que j'arrivai à cinq ans dans la capitale, que je ne devais plus quitter. A partir de là mes souvenirs m'appartiennent. Je songe parfois à ce qu'ils auraient été si nous étions demeurés à Aubervilliers. Une petite annonce immobilière a aussi décidé de mon destin.

Mon enfance s'est déroulée dans un petit périmètre bordé, au nord, par la rue Pierre Charon, au sud l'avenue Montaigne, à l'ouest l'avenue Georges V et les Champs-Elysées à l'est. Je vais chercher le pain rue de la Renaissance ; la Poste se trouve rue de la Trémoille, que ma mère appelle Trémouille ; le magasin de jouets jouxte la rue Clément Marot ; mon école niche rue Robert Estienne, qui est pourtant une impasse. Par un caprice préfectoral, tout le XVIe siècle se donne rendez-vous en bas de chez moi et je hennis chaque fois que je passe rue Bayard ; il n'y a que la rue Marbeuf à porter un nom vulgaire. C'est pourtant la seule à mériter sa plaque puisqu'elle servait à conduire le bétail à l'abreuvoir lorsque les Champs-Elysées étaient effectivement des champs.

Vers la fin de la rue, une banque s'est installée là où vécut Arsène Lupin. Et en 1995, une bombe fit plusieurs blessés juste après le passage de ma mère qui, les bras chargés de courses, revenait du Prisunic des Champs-Elysées.

Nous habitons un trois pièces au cinquième étage, sans ascenseur. On y accède par l'escalier de service, situé au fond de la cour. Chaque fois il faut passer devant le réduit où s'accumulent les poubelles. L'endroit n'est jamais éclairé et j'imagine des monstres qui me guettent dans l'ombre. Un soir que je descends les poubelles, un gros rat d'égout dégringole devant moi. Je balance au hasard les sacs d'ordures et m'enfuis.

Notre appartement est tout en longueur. Au bout d'un couloir, mon frère et moi occupons la même chambre, mitoyenne de celle de nos parents. Nous dormons sur des lits superposés, dont j'occupe celui du bas. Au-dessus de ma tête, mon frère fait longtemps pipi au lit.

Un tiers de notre chambre est occupé par la salle de bains, qu'un paravent protège des regards, mais pas du bruit.

Des portes-fenêtres dans chaque pièce donnent sur le balcon qui, du cinquième étage, surplombe la cour de l'immeuble. De la fenêtre de la cage d'escalier qui s'ouvre à mi-étage environ deux mètres plus bas, on peut, en prenant son élan debout sur la rambarde, sauter pour attraper un barreau du balcon ; un rétablissement à la force des bras permet de prendre appui sur la corniche et, après avoir enjambé le balcon, de se retrouver chez nous. Dans l'autre sens, c'est plus compliqué car il faut se laisser glisser une fraction de seconde dans le vide avant d'atterrir sur la rambarde de la fenêtre et, à ce moment-là, il est impossible de voir ce que l'on fait.

Lorsque je suis consigné le jeudi dans ma chambre ou, à l'adolescence, lorsque je sors en cachette la nuit, je “passe par le balcon”, tremblant de peur dans le noir, mais fier de la surmonter.

Mes parents organisent très souvent des fêtes. Lors d'un bal costumé, ma mère se transforme en princesse orientale, tandis que mon père danse avec elle en François 1er. Il y a toujours des amis à la maison. Une fois, Max défie mon père de reconnaître qui joue de la batterie dans le morceau qu'il vient de mettre sur la platine. Il cache dans son dos la pochette du 33 tours qu'il a apporté. Assis en tailleur devant une grosse baffle, mes yeux tentent de percer le mystère qui sort des enceintes. Tout le monde retient son souffle. Cela dure longtemps. Soudain la voix de mon père articule posément : “C’est Sam Woodyard à droite et Sonny Payne à gauche”. Les amis applaudissent. Ma mère se rengorge. Max le félicite. Je suis fier de mon père ; en même temps se glisse en moi un vague pressentiment : là où je n’attendais qu’un nom, il y en avait donc deux.

Max est le meilleur ami de mes parents. Très grand, il porte des foulards de soie voyants autour du cou et des costumes d’un chic incontournable. Lorsqu’il arrive quelque part, c’est toujours comme un astre. Continûment au chômage, il se présente à d’éventuels employeurs vêtu avec ostentation, fumant parfois le cigare et les traitant en subalternes. Il arrive qu’un patron, séduit par tant d’allure qu’il voudrait asservir, ose l’engager pour vendre des assurances ou n’importe quoi d’aussi exaltant ; cela se termine toujours au Prud’hommes.

J’adore Max.

Longtemps j’ai imaginé qu’il était mon véritable père.

Lui aussi a couché avec ma mère.

Le grand amour de Max s’appelle Monica. Elle ressemble à Louise Brooks, en plus petite. Lors d’un accident de voiture, elle passe à travers le pare-brise et reste défigurée. Des mois durant Max va la voir à l’hôpital ; elle ne le reconnaît pas.

La dernière fois que je vois Max, il vit avec une géante qui a la jambe dans le plâtre et les bras velus. Ensemble ils ont un fils, que Max prénomme Boris, en hommage à Vian.

Une après-midi, Max s'enferme dans sa chambre et se tire un coup de fusil dans la bouche. Mon père garde longtemps pour lui ce suicide.

Toutes les vacances scolaires, mon frère et moi les passons à Saint-Germain-en-Laye, dans les Yvelines, où nos grands-parents ont finalement emménagé dans une résidence construite en lisière de la forêt. J'y retrouve à chaque fois Didier, le fils des gardiens. Ensemble, nous faisons des courses de vélo, construisons des cabanes, chassons les crapauds. Mais une fin d'après-midi qu'il fait à bicyclette le tour de la petite maison qui sert de loge à ses parents, Didier se met à crier et à faire des bonds sur place, poursuivi par de petites flammes bleues. Son père se précipite et tente d'attraper son fils qui se tord sur le sol, il lui donne des tapes partout sur le corps, le roule par terre et veut lui arracher ses vêtements. La mère de Didier assiste à la scène les deux mains plaquées devant la bouche. Tout s'est déroulé très vite. Didier meurt lors de son transfert à l'hôpital. C'est en passant devant la fenêtre ouverte de la cuisine qu'un courant d'air l'aurait enveloppé dans un échappement de gaz venu de la cuisinière où sa mère faisait chauffer le repas du soir ; sa chemise en nylon a fait le reste, apprend-on le lendemain. Peu après le couple de gardiens déménage. Toute la résidence assiste à leur départ. Le père de Didier a les deux mains bandées. Plusieurs mois durant je cherche sur l'étiquette de mes vêtements le mot nylon.

Le jeudi, il m'arrive souvent, après avoir inhalé jusqu'au vertige le flacon de ma mère, de verser du dissolvant sur ma main et de l'embraser avec une allumette. J'agite alors devant moi ma main en feu, comme si je faisais des signaux. J'enflamme aussi des petits soldats en plastique sur le balcon ; je les observe fondre et se recroqueviller sur eux-mêmes jusqu'à ce qu'il ne reste plus qu'un petit tas calciné.

Bien plus tard, ce fut un Didier qui me présenta celle que je voulus enflammer dès que je la vis, et qui finit par me consumer.

Une nuit, mes parents ramènent à la maison un homme et deux Suédoises – une blonde et une brune – qu'ils ont rencontrés à l'Ascott Bar de la rue Pierre Ier de Serbie, où ils ont l'habitude d'aller écouter du jazz. Réveillé par la musique et les éclats de rire qui viennent du salon, je me glisse en pyjama sur le balcon et les observe à travers les fentes du volet. Ma mère tient dans ses mains le visage de la brune et son expression est tout à fait excessive. Je crois qu'elles s'embrassent, mais le volet me les cache au dernier moment et c'est en vain que je me tords le cou. C'est la première scène érotique à laquelle j'assiste.

Je discerne également mal ce que font les autres, sinon qu'ils ont l'air de bien s'amuser ; mon père remplit les verres de vin et change les 45 tours sur la platine, dont les pochettes s'amoncellent en vrac sur la moquette.

Au bout d'une heure j'ai froid, et comme il ne se passe rien d'extraordinaire, je retourne me coucher. Mais le bruit et la curiosité m'empêchent de dormir, malgré le traversin que je plaque sur mes oreilles. Alors je me relève et me risque au salon, prétextant d'aller aux toilettes. J'ai onze ans. Mon apparition amuse tout le monde. On m'installe sur le canapé. Ma mère me sert un Gini Bitter Lemon Tonic. L'homme me demande dans quelle classe je suis. Ma réponse paraît le transporter de bonheur. Il dit aussi que je dois savoir que j'ai des parents extraordinaires. Puis chacun se désintéresse de moi. Mon père danse avec la blonde. Ma mère glousse à ce que lui dit l'homme à l'oreille.

La brune finit par prendre congé. Je n'arrête pas de me servir du Gini. Soudain, ma mère émet l'idée que tout le monde prenne une douche. Sa proposition est accueillie avec joie et chacun commence à se dévêtir. Le premier, l'homme se retrouve nu et son sexe pend mollement entre ses cuisses. Il y a plein de poils. Je n'ai encore jamais vu le sexe d'un homme. Ma mère l'agite du bout des doigts comme un grelot et s'écrie : "Mais elle est toute petite !" Elle éclate d'un rire énervé, entrecoupé de reniflements chevalins. L'homme rigole et mime Tarzan en se frappant la poitrine. Prenant ma mère par la main, il l'entraîne vers la salle de bains. Ma mère s'écrie : "Allez, tout le monde à l'eau !" Lorsque son regard se pose soudain sur moi, comme me découvrant. “Allez Grégoire, sous la douche, pas d’histoires !”, s’enthousiasme-t-elle. Mon père intervient pour suggérer que je ne suis peut-être pas obligé. J’évite de le regarder. “C’est comme il veut”, rigole ma mère qui, déjà, court dans le couloir en agitant ses pieds dans tous les sens pour se débarrasser de sa robe.

Mon père et la blonde disparaissent à leur tour. Je reste seul dans le salon. Je voudrais retourner me coucher dans mon lit, mais la salle de bains se trouvant dans ma chambre, je reste sur le canapé, à boire du Schwepps parce qu’il n’y a plus de Gini. Le couloir apporte des bruits de rires et de jets d’eau. Puis je n’entends plus rien. J’attends. Cela dure longtemps. Je ne fais rien.

Mon père réapparaît le premier. Il porte un costume et doit partir au travail, car il est de service ce dimanche-là. Derrière lui, la blonde est ceinte d’une serviette de bains. Ses cheveux sont tout emmêlés. Je n’ose demander où est maman. Mon père prend son porte-documents noir dans l’entrée et enfile son imperméable. Il me dit que je devrais aller me coucher. J’obéis.

Recroquevillé dans mon lit, je guette le moindre bruit qui, à travers le mur, pourrait venir de la chambre de mes parents où je suppose que ma mère se trouve avec l’autre homme. Mais je ne perçois aucun son et m'inquiète. Longtemps je reste à épier les yeux ouverts. A travers les volets il commence à faire jour. Alors je me lève et retourne sans faire de bruit au salon.

La blonde dort sur le canapé. Elle ronfle doucement. La serviette de bains la couvre chichement. Je la fais glisser avec beaucoup de précautions jusqu'à découvrir ses seins lourds, son ventre plissé, un sexe blond et pelé qui m'étonne. Elle ne bouge pas. Je n'imaginais pas son corps si flasque et cela me trouble et me rebute. Je ne sais combien de temps je reste à contempler cette masse molle et étrange, comme une baleine échouée, espérant et redoutant à la fois que la fille se réveille. Je voudrais m'allonger près d'elle et qu'elle me prenne dans ses bras, m'embrasse et me laisse la toucher. Une fois j'ose effleurer ses seins. Elle ne réagit pas. Je crois un instant qu'elle fait semblant de dormir. Je finis par aller me coucher et m'endors.

Lorsque je mc réveille, la maison est silencieuse. L'homme et la blonde sont partis. Ma mère a une crise d'urticaire géant qui lui bouffit le visage. Elle porte des lunettes de soleil et ne quitte pas le lit. Toute la journée elle est de mauvaise humeur.

Trois jours plus tard, ma mère me demande, tout en égouttant dans l'évier une casserole de coquillettes : “J’espère que tu n’as pas été choqué l’autre soir.” Je la sens gênée et réponds mollement. Rassurée, ma mère se détend. Elle sourit : “La blonde était jolie, n’est-ce pas.” Son ton est plein de sous-entendus. Je reste silencieux. “Va prévenir ton père que c’est prêt”, n’insiste pas ma mère en posant les coquillettes sur la table de la cuisine. Je songe que la blonde faisait donc bien semblant de dormir.

De tous les dessins animés censés divertir innocemment mon enfance, *La Belle au bois dormant* fut celui qui m’impressionna le plus. Dans ma chambre, j’étais saint Grégoire terrassant la reine noire métamorphosée en dragon. Et plus tard, j’ai fougueusement embrassé les filles que je croisais, imaginant les réveiller enfin ; mais elles ne dormaient pas du tout, ou alors dans un autre conte, qui n’appartenait qu’à elles. Je ne comprenais pas. Je ne concevais pas que celles qui m’attiraient ne soient pas, d’une certaine façon, endormies, même si ce n’était pas sur le canapé du salon de la rue Marbeuf.

“Quelle horreur”, s’est exclamé un jour mon père alors que j’émettais l’avis, lors d’une anodine conversation au restaurant, que deux femmes faisant l’amour est un joli spectacle. “C’est répugnant”, surenchérit ma mère. Elle était sincèrement outrée. C’est ce jour-là que j’apprends que les turpitudes peuvent rivaliser de morale.

Lors d'un autre repas au restaurant, je dis à mon père que je l'aime. Tout de suite après je me sens libéré d'un poids, comme si je venais de rembourser une dette. Lui paraît moins ému que je ne le suis par ma déclaration. En face de nous, ma mère se mord les lèvres et sa bouche a un pli triste et amer.

Il existe une photo qui nous représente, mon père, mon frère et moi, marchant sur un chemin en forêt. Je dois avoir six ans. C'est un petit cliché noir et blanc, aux bords crénelés. Il s'en dégage une joie de novembre. Sans doute ma mère tient-elle l'appareil car elle n'apparaît pas sur la photo. Je n'ai aucun souvenir de cette promenade. C'est pourtant le plus beau souvenir d'enfance que je me sois fabriqué.

Lorsque mon frère et moi faisons une bêtise et l'exaspérons, ma mère nous tape avec mon épée en plastique jaune de Zorro. Par bravade, nous rions sous les coups, nous soutenant l'un l'autre, ce qui rend ma mère folle de rage. Mais chaque fois elle se fatigue avant nous et, le poignet douloureux, finit par laisser tomber. Quand elle est partie, je regarde de travers mon épée de Zorro, trouvant chaque fois déloyal qu'elle accepte de se retourner contre moi.

Il arrive que mon père en ait assez de nous entendre mon frère et moi chahuter dans notre chambre. Il crie alors à travers le mur : “Ça suffit ou sinon j'en prends un pour taper sur l'autre.” C'est sa formule. Etant le plus léger, je ne doute pas que c'est moi qui servirai de massue et je m'inquiète longtemps du moyen de faire le moins de mal possible à mon frère lorsque je m'abattrai sur lui.

“On m’accuse de casser des verres, mais c’est toujours moi qui fais la vaisselle”, se rebelle de temps en temps ma mère.

Elle mesure un mètre soixante et lorsqu’on lui fait remarquer sa taille, elle rétorque toujours : “Je suis peut-être petite, mais admirablement bien proportionnée.” Ce qui fait qu’elle n’est pas seulement petite, on dirait aussi qu’elle est loin.

Certains jours fastes, il lui arrive de monter sur la table et, brandissant le poing, de déclamer : “Et s’il n’en reste qu’un, je serai celui-là.”

Mon père est excellent cuisinier. Tous les dimanche, il fait le marché et prépare le repas. Sa spécialité est le lapin chasseur. Lorsqu’il est de bonne humeur ou se trouve satisfait de moi, il m’ébouriffe les cheveux et m’appelle “mon petit lapin”.

Ma mère trouva à s’embaucher chez Beghin Say, où elle devint la secrétaire personnelle du directeur Louis Merlin, lequel dirigeait aussi Europe numéro 1, station de radio célèbre à l’époque et où, des années plus tard, je devais laisser un très mauvais souvenir après y avoir, comme par hasard, travaillé et semé la pagaille.

Un jour, un coup de fil à son travail avertit ma mère qu’une voiture venait de renverser la vieille dame qui nous ramenait de l’école mon frère et moi. Ivre comme à son habitude, madame Legal trébucha en effet sous nos yeux en voulant nous faire inconsidérément traverser au vert. Une voiture la frôla si près qu'elle s'effondra comme une flaque, plus somnolente que blessée. Ma mère démissionna aussitôt de son poste pour s'occuper de nous. Ce faisant, elle renonça à une situation prometteuse, qu'elle ne devait plus jamais retrouver par la suite. "Mes enfants passent avant tout", dit-elle avec force.

Dissipé, turbulent, indiscipliné… ces qualificatifs m'ont suivi toute ma scolarité, en même temps que les mentions de "bon élève" ou "élève doué". Je ne m'ennuie jamais. Un jeudi après-midi, j'invite chez moi Leray, Fritère et Gravet, trois grands de l'école qui sont d'autant plus inséparables que chacun est fils de concierge. Dans ma chambre, ils s'en donnent à cœur joie avec mes affaires et se poussent du coude dans mon dos, comme s'ils se vengeaient d'être pour une fois reçus dans les étages. Ce jour-là, je réalise que je n'aimerais pas être fils de concierge, si c'est pour leur ressembler. Eux-mêmes doivent détester être fils de concierge, cela m'apparaît tout à coup. Je trouve cependant extravagant qu'ils jugent mon sort enviable et je méprise leur méprise. Entre nous, je viens de découvrir un monde qui ne nous appartient pas et rend amer ; instinctivement, je refuse de m'y soumettre et, aujourd'hui encore, personne ne peut se dire mon ennemi sans mon consentement.

Ce soir-là, ma mère m'appelle au salon. Sur la cheminée, un billet de cent francs a disparu. Son regard me fouille les poches. Elle finit par m'envoyer au lit en me conseillant de bien réfléchir.

Deux jours plus tard, Leray joue dans la cour de mon immeuble avec un pistolet à plombs flambant neuf. Je dévale aussitôt les escaliers. Leray nie avoir volé l'argent. A côté de lui, Gravet et Fritère le soutiennent. Je les préviens que mes parents savent déjà la vérité et qu'ils vont aller voir le père de Leray, peut-être la police, l'armée probablement. Je tiens à le prévenir, en bons copains que nous sommes. Leray a les oreilles toutes rouges. Il finit par me donner le pistolet à plombs et le reliquat de l'argent, contre la promesse que j'essayerai d'arranger les choses avec mes parents. En remontant, je suis très fier de moi et de la manière dont j'ai manœuvré, vu les forces en présence.

Lorsque ma mère rentre, je lui remets triomphalement le butin repris à l'ennemi. Elle dit : “Je te félicite de rendre l'argent, mais que je ne te reprenne plus jamais à voler.” Je veux protester, mais ma véhémence même conforte ma mère dans l'idée de ma culpabilité. Je finis par me taire.

Dès cet instant, je ne lui dis d'ailleurs plus rien ; elle a cessé d'être ma mère, même si je reste son fils.

Marie-Blanche est la sœur cadette de Fabrice, mon meilleur ami. A les voir, on ne peut croire qu'ils sont frère et sœur tant elle est fine et lumineuse, avec un visage doucement carré, alors qu'il est grand et dégingandé, blond et hirsute. Marie-Blanche porte aussi au menton une petite cicatrice qui me bouleverse encore rien que d'y songer.

Avec Marie-Blanche, nous tentons de nous apercevoir à travers la grille de la petite porte qui sépare la cour de récréation de l'école des filles de celle des garçons. Nous nous passons des petits mots. Dans le préau où les élèves des deux écoles se rassemblent une fois par semaine pour répéter le spectacle de fin d'année, nous chantons sans nous quitter des yeux *L'Hymne à la joie*, jusqu'à ce que des larmes nous embuent. Une fois remonté en classe, je continue longtemps de songer à elle. Lorsqu'ils se croisent, nos parents plaisantent : "Ces deux-là se marieront plus tard." Ils ignorent qu'en secret nous nous sommes déjà prêté serment.

Je ne me rappelle que de son nom de famille : Delambre. Il arrive un matin à l'école avec un calot d'acier qu'il a dérobé dans le bureau de son père. Personne n'a jamais vu un calot aussi magnifique et chacun veut le voir, le tenir dans sa main.

Delambre en tire un prestige qui m'exaspère. Lui qui n'était rien dans l'école, sans envergure ni talent, le voilà un personnage important. Même mes amis le courtisent et lui trouvent des qualités dont la veille ils le jugeaient dépourvu. Un calot d'acier peut donc faire changer d'avis ? Modifier la face du monde ? Inventer une hiérarchie où la valeur dépend seulement de ce que l'on possède ? Mon dégoût du monde marchand date de là.

Deux jours durant je presse Delambre de jouer son calot aux billes. Il pleurniche que son père le grondera s'il s'aperçoit de la disparition du calot. Je raille sa lâcheté devant les autres. Tour à tour je lui fais miroiter un gain mirobolant s'il gagne, flatte notre camaraderie en privé, minimise la menace de son père, rabaisse mon habileté aux billes et exagère la sienne ; et puis de nouveau je lui fais honte en public de se dégonfler. Tous les moyens me sont bons pour le convaincre, sauf la violence physique, puisqu'il ne s'agit pas pour moi de posséder le calot, mais de savoir qui en est digne.

Toutes mes billes et la trousse en plus. Un seul tir à trois pas. Si je tique, je gagne le calot d'acier. Sinon je perds tout. Pas de revanche. L'attrait du gain a fini par décider Delambre. La partie est prévue pour la récréation de la cantine. Toute l'école est prévenue. Fabrice me dit que je suis fou : je risque de tout perdre. Je m'en fiche. Le calot d'acier est pour Marie-Blanche. Je vais gagner.

Autour de nous, les élèves nous cachent du maître qui surveille la cour. Nous sommes derrière les cabinets, là où le sol bitumé part en pente douce vers un petit mur en ciment. La cloche vient de sonner. Ceux qui ne mangent pas à la cantine commencent à affluer et viennent grossir les rangs. J'ai peur que le maître ne vienne s'en mêler. Delambre ne me laissera pas une autre occasion. Il lui aura suffi de montrer qu'il était capable d'engager le calot pour se tirer d'affaire. Je n'aurai pas une seconde chance.

A trois mètres, posé contre le mur des cabinets, le calot d'acier scintille. Je suis très calme. Concentré comme jamais je ne l'ai été. J'ai l'impression que rien n'échappe à ma lucidité. Je place ma bille fétiche – une vieille terre grise, dont il a été convenu, si je perds, que je pourrai la garder. Lorsque Fabrice surgit à côté de moi. Il revient de déjeuner chez lui et veut me parler. Je lui dis que ce n'est pas le moment. Il insiste. Il a un secret à me dire. Je le rembarre. Tout à l'heure. Je ne le regarde même pas. Je ne vois que ma bille et le calot qui brille là-bas. Je sens l'énergie de la foule au-dessus de ma tête. Je détends mon index. Ma bille part toute droite. Elle file exactement là où je voulais, comme aimantée, je sais déjà que j'ai gagné, c'est évident, j'ai gagné, lorsque Fabrice se dresse soudain devant moi et shoote dans ma bille, éparpillant d'un coup tout le ciel de mon enfance.

Ai-je crié ? Je n'en sais rien. Fabrice est allongé de tout son long et je ne comprends pas ce qu'il fabrique par terre. Il ne bouge pas. Son corps est bizarrement tordu. Du sang macule ses cheveux. Toute l'école fait cercle autour de moi et me dévisage sans bouger. C'est un mur immense qui se tient à distance respectueuse. Tous les regards sont braqués vers moi. Qu'est-ce qu'ils me veulent ? On dirait des statues. Aucun d'eux ne fait un geste ni rien. Je ne reconnais personne. Ne vois que les couleurs des vêtements. Plein de couleurs. Je ne sais où poser les yeux. Le ciel est bleu. Qu'est-ce qui ne va pas ? Il règne un incroyable silence dans la cour, je m'en rends soudain compte. Aucun bruit nulle part. Pas un cri. C'est un silence total. Comme si toute vie s'était interrompue. Je me fais la réflexion que ce silence n'est pas normal. Je reste debout sans bouger. Je voudrais ne plus être là. Je sens quelque chose dans ma main. C'est une grosse touffe de cheveux avec un lambeau de chair très blanche qui pendouille. Le scalp de Fabrice. Ma main refuse de s'ouvrir. Je ne peux plus la bouger. Qu'ai-je fait ? Marie-Blanche. Je me mets à trembler. Tous mes membres s'entrechoquent. Je ne peux plus m'arrêter de trembler.

C'est un maître qui m'arrache du cercle. Il m'entraîne par le col dans le préau, où il me met au piquet, mains sur la tête, devant la pile des tapis de sol. Il part. Je fixe la couleur bleue des tapis de sol. Je ne pense à rien. Je me concentre exclusivement sur la pigmentation bleue de la mousse, à laquelle je n'avais jamais prêté attention et qui m'apparaît tout à coup une matière fantastique. Un bout de tapis a été arraché et on dirait que quelqu'un a mordu dedans à pleines dents.

Je reste longtemps dans le préau. Tout le monde est rentré en classe depuis longtemps. Je songe que mon frère m'a sûrement vu tout à l'heure dans la cour. J'entends une sirène de pompiers. Puis elle disparaît. Plus un bruit. Je reste seul. Le préau est immense. Personne ne vient. Entre les tapis de sol je me débarrasse de la touffe de cheveux que je serre dans ma main. J'évite de la regarder.

Un autre maître vient me chercher. Il dit : "Où sont tes affaires ? Ta mère va venir te chercher." On part récupérer mon cartable dans la cour. Je n'ose lui demander des nouvelles de Fabrice. A côté des cabinets, j'aperçois ma bille fétiche dans un coin. Je ne la ramasse pas. Un temps incompréhensible me sépare d'elle à présent.

Le directeur me laisse debout dans son bureau. Il me fixe et dit : "J'espère que tu es fier de toi !" Puis il examine une fiche beige sur laquelle je reconnais ma photo d'identité. Sans lever les yeux il dit : "Tu ferais des choses comme ça dans ton pays, hein, à Tizi-Ouzou." Il dit Tizi Zouzou. Il dit aussi : "Et en plus le fils Fenwick. Ton compte est bon, mon bonhomme." Je crois comprendre que mes parents pourraient avoir des ennuis avec la famille de Fabrice. Je baisse la tête.

Ma mère arrive tout essoufflée. Son visage est sévère. Le directeur l'a fait asseoir sur une chaise et m'ordonne de me mettre au piquet dans le couloir. Quand ma mère sort du bureau du directeur, elle dit seulement : "J'espère que tu es fier de toi."

Dans la rue, elle marche vite et je la suis trois mètres en arrière. Lorsque nous arrivons à la maison, elle me fait m'agenouiller sur le rebord de son lit, me déculotte et me cingle avec mon épée jaune de Zorro. Quand son bras est fatigué, elle s'en va. Je reste dans cette position tout l'après-midi. Ma mère vient parfois prendre quelque chose dans sa chambre et me fesse en passant. Cela dure jusqu'à ce que tombe la nuit.

Plus tard, je l'entends téléphoner. "Une histoire de garçons... c'est cela... rien de méchant..." Elle parle avec la mère de Fabrice. Elle dit "madame Fenwick" avec déférence. Je comprends que l'on a posé des points de suture à Fabrice. J'ignore ce que sont des points de suture, mais c'est sûrement bon signe. Ce qui ne change rien au sentiment que j'ai de l'avoir tué. D'avoir tué.

Ma mère raconte au téléphone ce qui s'est passé dans la cour comme si elle y était. A sa voix, je sens qu'elle est soulagée par la tournure de la conversation. Elle rit même avant de raccrocher. Qu'est-ce qu'il y a de si drôle ? Et pourquoi me punir, alors ? Mais je m'en fiche. J'ai mérité d'être fouetté, oui, elle pourrait même taper plus fort, cela n'est rien comparé à ce qui m'étreint tout entier, comme une peur affreuse qui vient d'ouvrir une flaque de néant en moi. Qu'est-ce qui m'a pris ? D'où m'est venue cette violence ? Ces questions me torturent dans le noir. Mais j'ai beau faire des efforts, je ne me souviens de rien. Il y a un trou dans mon emploi du temps qui me sépare désormais de moi. Un gouffre dans lequel j'ai disparu et d'où je suis ressorti autre. J'ai l'impression que mon corps m'a trahi. Je ne peux plus avoir confiance en lui. Je me dis qu'il faudra que je me surveille. Oui, je dois me méfier de moi désormais. Et particulièrement de ma main droite. C'est elle qui a scalpé Fabrice. Pas moi. Je n'ai rien de commun avec cette main.

Bien plus tard, je me rappelle avoir envisagé de la trancher avec le couteau électrique qui sert à découper la viande le dimanche midi. Je reste longtemps à enfoncer les dents de la lame dans mon poignet, le doigt prêt à enclencher le contact. Mais je me dis que la douleur sera telle qu'il me sera impossible de trancher jusqu'au bout. Je finis par renoncer.

Je suis renvoyé trois jours de l'école. Je n'ai aucun souvenir d'être retourné en classe. Je sais seulement que Fabrice et moi restons amis malgré ce qui s'est passé. Dans toute l'école, je jouis à présent d'une réputation que personne ne s'avise même plus de contester. A tous je dissimule qu'elle repose à présent sur du vide.

Encore aujourd'hui, une bille traîne toujours dans le fond de ma poche. Elle roule dans ma main chaque fois que je sors de la monnaie au moment de payer. Par ailleurs, j'ai, des années durant, été fidèle à un bar dans le quartier de Montparnasse ; je ne m'étais pas rendu compte qu'il se trouve rue Delambre. C'est dans cet endroit que je suis souvent venu chercher l'oubli, dans la compagnie de gens qui, comme moi, semblaient avoir perdu toutes leurs billes.

L'année suivante, je joue avec mon copain Bruno dans la cour lorsque mon frère s'approche de moi : il veut me parler. Ça a l'air important. Aussitôt j'abandonne Bruno pour le suivre, je bondis même sur mes pieds ; mais Bruno veut entendre notre conversation, il nous suit en rigolant et refuse de nous laisser tranquilles. Il ne comprend pas que je ne plaisante pas ; alors je lui balance une petite voiture en fer en pleine tête. Il tombe à la renverse. Son visage est en sang. Il a presque l'œil crevé. Je reste de marbre. Je ne tremble pas ni rien. Je suis seulement surpris de la diabolique précision de mon tir. Bruno se trouvait pourtant à trois bons mètres et je ne l'ai pas loupé. Comme je n'aurais pas loupé le calot d'acier.

De nouveau je suis renvoyé trois jours de l'école. Je m'en moque. Je songe seulement que je dois être maudit : quoi que je fasse, les choses se terminent mal. J'avais pourtant pris soin cette fois de ne pas reproduire mon erreur de l'an passé : je m'étais bien arrêté de jouer pour entendre ce qu'on avait à me dire, j'avais tout fait correctement pour ne pas me retrouver dans la même situation. En vain. Qu'est-ce qui cloche avec moi ? Rien ne peut-il être modifié ? Sans compter que je reste pour la seconde fois dans l'ignorance de ce que l'on avait de si important à me dire.

Un soir, les parents viennent d'éteindre la lumière dans notre chambre lorsque mon frère se penche depuis son lit et m'appelle dans le noir : "Grégoire, j'ai un secret à te dire." Je grimpe aussitôt l'échelle qui sépare nos lits superposés et le retrouve dans son lit. J'attends qu'il parle. Mais au lieu de ça, il commence à me caresser dans le noir et à m'embrasser. Je ne comprends pas ce qu'il fabrique. Sa main tire sur mon zizi. Son autre main me guide vers son ventre. Je sens des poils et ses doigts qui s'activent. Je ne bouge pas. Mon frère respire fort. Quand il a fini, je redescends me coucher et m'endors.

De ce jour, je n'ai plus souvenir que nous nous soyons adressé la parole comme deux frères.

Ma mère m'a toujours préféré à mon frère. Elle a longtemps refusé de l'admettre, mais tous le savions, ce qui posait problème à chacun d'entre nous, quoique pour des raisons différentes. Un jour que mon frère et moi jouons sur le balcon, ma mère l'entend me dire : "T'es pas capable de sauter." Elle se précipite à temps.

Sur ce même balcon, mon frère se cogne une fois violemment le nez contre le rebord de la fenêtre. Il s'en sort avec un énorme coquard qui lui prend tout le nez et les deux yeux. Le lendemain, mes parents sont convoqués par le directeur de l'école. Mon frère a prétendu que notre père l'avait tabassé.

A l'adolescence, mon frère s'invente un jeu : il se glisse silencieusement derrière ma mère et reste sans bouger ni respirer dans son dos tandis qu'elle est occupée, par exemple à laver la salade dans l'évier ; lorsqu'elle se retourne, elle pousse chaque fois un grand cri, fait un bond et porte la main à son cœur. Parfois, mon frère l'attend derrière une porte. Il se déplace dans la maison sans faire le moindre bruit. Un indien ou un fantôme. Ce petit jeu dure plusieurs mois. Ma mère ne fait plus rien sans être sur le qui-vive, redoutant de découvrir soudain son fils, qu'il se dresse tout à coup devant elle comme un muet reproche. Une demande inassouvie.

Un Noël, tandis que toute la famille ouvre ses cadeaux, mon frère rassemble les siens dans un coin et dit : "Je les ouvrirai demain." Puis il part se coucher.

Mon frère fut envoyé aux Etats-Unis. Menacé de redoubler pour la seconde année consécutive, malheureux à la maison, mes parents jugèrent préférable qu'il change d'air ; mon frère avait effectivement l'air d'étouffer en France – mais lui seul savait quoi. Il vécut un an dans une famille texane, d'où il revint les cheveux peroxydés. Au moment de réunir l'argent nécessaire à son départ, mes parents m'avertirent qu'il s'agissait d'un sacrifice que nous devions tous faire.

Son retour parmi nous fut calamiteux. Des mois entiers il resta allongé sur son lit, les bras le long du corps, raide immobile, sans rien dire ni faire, à regarder fixement le plafond. Il était à l'horizontale ce fantôme qu'un an auparavant il dressait sournoisement dans le dos de ma mère, mais sans plus rien attendre d'elle désormais. Je le quittais dans cette position le matin et le retrouvais de même en rentrant du lycée. Mes parents s'exaspéraient de ne trouver en lui qu'un mur. Le soir, mon frère disparaissait pour retrouver un écrivain qui faisait son éducation, plus sexuelle que littéraire. Il ne lisait guère de toute façon. Mes parents, eux, dévoraient des Série Noire.

Mon frère n'avait qu'une hâte : retourner aux Etats-Unis. Il devança son armée, puis travailla comme vendeur à l'aéroport de Roissy pour se payer son billet d'avion. Manquant d'argent, il traversa les Etats-Unis en se prostituant. "C'est fou le nombre de pères de famille qui sont pédés", me confia-t-il lorsque, des années plus tard, j'allais le voir outre-Atlantique.

Il s'installa finalement à San Francisco et ne revint plus en France, ne donnant quasiment pas de nouvelles pendant dix ans. Dans les premiers temps, ma mère enquêta fébrilement pour savoir si son fils était ou non homosexuel, ce qui la dérangeait davantage que mon père. "J'en étais sûre. Tout petit déjà il préférait les garçons", s'écria-t-elle après avoir contraint le meilleur ami de mon frère à révéler la vérité.

S'il put vivre son homosexualité sans retenue à San Francisco, mon frère resta cependant en marge de la communauté gay, au sein de laquelle il faisait figure de provocateur. "Je suis un hétéro refoulé", avait-il affiché au-dessus de son lit.

Il était vendeur de CD le jour et disc-jokey dans des clubs la nuit. Il ressemblait à un éternel adolescent. S'agitait dans tous les sens et riait très fort comme s'il jouait une perpétuelle comédie. Il n'avait pas trente ans, mais vingt ans et dix ans : après une première vie en français, il en vivait une seconde en anglais et ces deux existences semblaient ne jamais se rencontrer en lui ; elles étaient mêmes exclusives l'une de l'autre. S'il avait cherché à devenir lui-même, j'eus alors le sentiment qu'il n'était que la moitié de lui valant pour le tout et sa solution ne me convainquit pas.

J'entends encore sa voix me déclarer : “Quand j'ai appris que j'avais le sida, j'ai été soulagé.” Il ne dit pas de quoi.

Avant de mourir, il revint en France faire ses adieux à toute la famille ; malgré l'océan qu'il avait mis entre elle et lui, il lui semblait bien plus attaché que moi. Son état était déplorable. Mon père et ma mère prirent soin de lui. Un jour, il leur demanda pardon. Là encore sans autre précision. Puis il repartit aux Etats-Unis, où son amant l'assista jusqu'à la fin.

La veille de son décès, je lui parlai au téléphone. Son anniversaire tombait le lendemain. Je me rappelle avoir songé que s'il passait sa date de naissance, il repousserait d'un an la date de sa mort. Il suffisait qu'il tienne vingt-quatre heures pour faire un tour de plus dans l'existence, jusqu'à la prochaine fois. Car il existe la tentation de s'en aller par où l'on est venu, d'emprunter la même faille dans le temps par où notre âme, pour parler communément, dut s'incarner dans un corps. Ludwig Wittgenstein mourut un 29 avril, lui qui était né un 26 avril, tandis que Thomas Bernhard décéda deux jours avant de fêter ses cinquante-huit ans, et qui plus est le jour anniversaire de la mort de son grand-père, qu'il adorait ; la rivière dans laquelle se jeta Ozamu Dazaï rendit son corps le jour même de ses trente-neuf ans ; et tant d'autres encore, célèbres ou anonymes, qui ont tenté de refermer la parenthèse à l'endroit où elle s'était ouverte. Mon frère n'eut pas la force de passer une trente-troisième fois par la case départ : il mourut dans la nuit.

Avant qu'il ne raccroche, je lui dis que je l'aimais. Je n'en pensais pas un mot. Pas celui-là ni de cette manière en tout cas. C'était pour lui faire plaisir. J'avais l'impression qu'il désirait que je lui fasse une concession de cette sorte. Tout se déroulait entre nous comme si nous jouions la fin d'un film, peut-être parce que cela rendait opportunément irréelle la fin de sa vie. Mais ce disant, j'eus l'obscure sensation que je venais de prononcer sa condamnation et de hâter son départ. Lui faire cet aveu était lui dire adieu, l'autoriser à s'en aller, l'y inciter peut-être. De son vivant, jamais je ne lui eus fait une telle déclaration. Après avoir raccroché, je restai plusieurs minutes à contempler le téléphone. Je savais que je venais d'entendre sa voix pour la dernière fois. Le lendemain il était mort.

C'est l'hiver et il fait nuit lorsque mon frère et moi rentrons un soir de l'école après l'étude. L'appartement est bizzarement plongé dans l'obscurité. Ma mère pleure dans le salon. En nous entendant, elle allume la petite lampe de la cheminée. Elle est assise dans le grand fauteuil Henri-II. Ses yeux sont rouges et gonflés. Nous la regardons sans un mot. Elle finit par dire d'une traite : "Les enfants, votre père est parti. Il veut divorcer. Avec qui voulez-vous aller ?" Je reste stupide. Je vois mon frère se précipiter vers ma mère, il la serre dans ses bras, l'embrasse partout, c'est comme s'il avait toujours attendu ce moment et son empressement m'écœure. Ma mère fond en larmes. Elle aussi se blottit contre lui. Ils restent enlacés, comme fondus.

Je ne bouge pas. Je suis planté au milieu du salon. A mes pieds mon cartable tient debout tout seul. Je regarde vers l'entrée. Je fixe le grand rideau de velours vert bouteille qui dissimule la porte et c'est comme si j'attendais de lui une réponse qui ne vient pas. Il est le dernier à avoir vu mon père et j'ai l'impression qu'il me suffirait de le soulever pour voir apparaître papa devant moi. Il ne m'a pas abandonné. Ce n'est pas possible. Qu'ai-je fait ? Je veux aller avec lui. Mais elle ne le supportera pas. Elle va encore se jeter par la fenêtre ou je ne sais quoi si je réponds mal. Je ne veux pas qu'elle se tue à cause de moi. Il n'y aura plus personne maintenant pour la rattraper.

Je la déteste de nous poser cette question. Elle n'a pas le droit. Je refuse. C'est la seule pensée qui me traverse. Mais je baisse la tête et m'entends murmurer tout bas : "Avec toi, maman." J'entends alors nettement le bruit d'un drap qui se déchire. C'est un son totalement incongru. Qu'est-ce que c'est ? Je tourne la tête. Mais ça vient de moi. Oui. C'est en moi. A l'intérieur de moi : un drap se déchire dans mon corps. Je l'entends distinctement. Assez fort même. C'est bien un drap. Quelque chose se déchire en moi qui est un drap. On dirait que ça vient de mon ventre ou de ma poitrine. Je n'ai pas le temps d'en savoir plus que c'est déjà fini. Deux trois secondes au maximum. Il y avait donc un drap en moi ? Ma mère essuie ses larmes. Elle dit : "Merci les enfants. Vous êtes gentils." Je me hais.

Encore aujourd'hui, je ne sais rien de plus déchirant qu'un drap.

Un jour, ma fille a regardé une photo de sa mère et moi lorsque nous étions ensemble et elle a eu ce regard muet, inconsolable, de ceux qui savent que leur bonheur, quoi qu'ils fassent, se dressera dorénavant sur un malheur qui ne leur appartient même pas et qui les a injustement frappés, par surprise. J'aurais tout donné pour ne jamais retrouver ce regard chez mon enfant. Pour m'y avoir contraint, j'ai failli tuer sa mère. Elle ne s'en est même pas douté. Il est vrai qu'elle rêvait que sa propre mère quitte son père.

Lorsque je gagnai à seize ans mon premier salaire, j'achetai un magnétophone quatre pistes Akaï ; toute une journée je me revois occupé à enregistrer le bruit d'un drap qui se déchire et celui d'une porte qui se ferme. L'idée m'en est venue sans que je sache comment. Je ne me pose pas la question. J'ai juste envie de faire de la musique et, ne sachant jouer d'aucun instrument, je fais avec ce que j'ai sous la main.

Mais le magnétophone ne parvient pas à restituer les sons que j'ai en tête. Ce ne sont pas mon drap qui se déchire ni ma porte qui claque. J'ai beau propulser les chambranles à la volée ou sèchement, fendre le drap d'un coup bref ou très lentement, les sons qui me reviennent par la bande restent approximatifs. Je m'obstine cependant, captivé par l'artifice de mon dispositif. J'ai l'impression d'évoluer dans un autre temps. C'est une expérience inédite. Pour une fois ce n'est plus moi le problème, mais le micro.

A la fin, j'obtiens un mixage qui fait illusion. Il est le meilleur morceau de musique jamais enregistré puisque j'y ai mis le meilleur de moi-même. Les claquements de porte font la rythmique et les draps qui se déchirent jouent la mélodie. On dirait des riffs de guitare électrique. Parfois un orgue de cathédrale. Le morceau dure huit minutes. Je l'intitule “Dans de beaux draps”. Il s'en dégage une âpre harmonie répétitive qui m'émeut. Quelque chose d'africain et de futuriste à la fois, avec, au milieu, un passage qui dilate le temps jusqu'au silence. Je dois l'écouter un milliard de fois. Jamais je n'ai entendu un truc semblable. C'est quelque chose que j'ai inventé. Je le fais entendre à mes copains. Ils trouvent ça nul. Ils veulent écouter le dernier Rolling Stones. Ils préfèrent travailler les partitions de Marcel Dadi et fumer des joints.

Un an plus tard, mon père est de retour à la maison. Je ne sais pas comment c'est possible : soudain il est là. Mais ce n'est pas lui. Il s'agit d'un autre homme, qui porte la barbe. Mon père n'a jamais porté la barbe. C'est quelqu'un qui se fait passer pour lui. Je n'ai plus de père depuis un an. Je n'en veux plus. Mon père est parti il y a un an. Maman l'a dit. Elle nous l'aurait dit s'il était revenu. On l'aurait su. On ne revient pas quand on est parti. Tout ce mal pour rien. Ce serait risible.

Cet été-là, je lis chez mes grands-parents *Le Trésor de Rackham le Rouge*. C'est dans cet album de Tintin qu'apparaît le personnage du professeur Tournesol. Il vient frapper à la porte de Tintin pour lui proposer un submersible de son invention. Lorsque je lis cette page, j'ai un choc. Ce petit homme barbu, portant chapeau et lunettes qui surgit sur le pas de la porte vêtu d'une gabardine verte lui tombant jusqu'aux pieds, oui, j'en ai immédiatement l'intuition : il est déguisé. Il n'est pas qui il prétend.

Hergé a toujours affirmé qu'il s'était inspiré pour le personnage de Tournesol du physicien suisse Auguste Piccard, dont des photos montrent qu'il ressemble effectivement au personnage d'Hergé, mais sans la barbe ! En réalité, si on dépouille Tournesol de tout ce qui le dissimule (et des propos d'Hergé aussi), on trouve le visage de Rackham le Rouge, l'affreux pirate censé avoir disparu trois siècles auparavant dans l'explosion de son navire *La Licorne*. On peut vérifier : sa barbe en pointe le trahit. Tournesol est en fait un revenant. S'il est sourd, c'est que ses tympans n'ont pas résisté lors de l'explosion de *La Licorne* ; il s'appelle désormais Tournesol, ce qui dit assez de quoi il retourne ; et il propose un submersible en forme de requin, pour ne pas dire de "rackham". Trois siècles plus tard, le pirate est ainsi de retour, mais incognito. C'est bien lui, comme mon père est bien le mien après douze mois d'absence. Sauf que le cruel flibustier s'est transformé en inoffensif professeur et, cet été-là, je ne cesse de me demander ce qui a bien pu se passer entre les deux albums pour que mon père, ce revenant, m'apparaisse à ce point changé et méconnaissable.

Evoquant cette découverte un jour avec ma mère, celle-ci me regarde éberluée. "Mais ton père avait la barbe bien avant cette histoire, proteste-t-elle. C'est même moi qui l'ai obligé à la porter juste après notre mariage tellement il était laid avec son menton fuyant. Ta mémoire te joue des tours, mon fils." Sur l'instant je suis désarçonné. J'étais persuadé que mes souvenirs ne pouvaient mentir ni rien inventer. Pas les miens. Eux seuls témoignaient de ce qui avait eu lieu. Et voilà qu'ils me trahissaient à leur tour. Comme tout.

Elle s'appelait Eve – chacun ses mythologies – et c'est pour elle que mon père quitta la maison. Devenu chef d'alimentation d'un magasin Monoprix, il s'était mis à gagner de l'argent pour la première fois de sa vie – et crut sans doute qu'il avait désormais de quoi tomber amoureux. Car il vécut une passion dispendieuse, claquant tout son argent en frasques et en cadeaux pour Eve, et même celui qu'il n'avait pas : des factures commencèrent à arriver chez ma mère. Puis des bijoutiers portèrent plainte pour des chèques sans provision. Il y en avait pour beaucoup d'argent, relativement à ce que gagnaient mes parents. L'affaire alla si loin que mon père se vit menacé de prison. Eve trouva le moment judicieux pour s'apercevoir qu'elle n'aimait plus mon père. Il revint auprès de sa femme et de ses enfants.

Ma mère loua les services d'un avocat et organisa si bien la défense de mon père qu'il évita la prison. Fiché à la Banque de France, il resta dix ans interdit bancaire. Et il fallut rembourser ce qu'avait coûté sa générosité adultérine, ce qui prit plusieurs années.

Si ma mère accepta de reprendre son mari, elle ne pardonna pas qu'il lui eût dit un jour qu'il pouvait faire des enfants avec n'importe qui ; elle refusa qu'il la touche désormais.

Commencèrent alors des disputes à n'en plus finir. Ma mère n'arrêtait pas de provoquer mon père ; elle savait le torturer ; il finissait toujours par exploser. Lors d'une partie de Monopoly, elle le houspilla si bien qu'il lui jeta au visage un gros cendrier en verre ; le cendrier frôla la tête de ma mère et, derrière elle, la grande vitre du salon s'effondra. S'il l'avait atteinte ? "Pauvre pantin", lâcha seulement ma mère avec mépris.

Lorsque nous regardions la télévision, l'air de la pièce se figeait dès qu'un couple s'embrassait à l'écran.

Pour m'endormir, je me bouchais les oreilles afin de ne plus les entendre.

Plus jamais il n'y eut de soirées où dansaient et riaient les amis ; ils s'étaient éloignés les uns après les autres.

C'est dans cette ambiance chaleureuse que je passai mon adolescence. Chaque instant était une boule de violence qui trônait au milieu du salon ; il fallait raser les murs pour ne pas risquer de la toucher et qu'elle explose.

Tous les matins je suis content d'aller à l'école. Et à la sortie des cours, je prends l'habitude de traîner dans les rues. Je vole dans les magasins. Puis me débarrasse de mes larcins dans le caniveau. Je fracture aussi les portières des voitures du parking de l'avenue Marceau. Eclate les pare-brise en faisant simplement tomber sur eux un marron. Ma mère vient quelquefois me récupérer au commissariat. Elle ne m'engueule jamais devant les policiers.

Un soir que je rentre une nouvelle fois en retard pour le dîner, j'entends depuis l'escalier mes parents se disputer ; je sonne sans conviction ; mon père m'ouvre et m'envoie son poing dans la figure en disant : "Quand cesseras-tu de causer du mauvais sang à ta mère !" Je me relève et file dans ma chambre. Ma mère vient me voir plus tard : "Ton père ne voulait pas te faire de mal. Il est très embêté maintenant. Tu devrais aller l'embrasser."

Il fallut que mon père déclare à quarante ans, un an jour pour jour après sa péritonite aiguë, un cancer du testicule pour que ma mère s'assouplisse. La crainte que ne meure l'homme qu'elle avait aimé à seize ans la rendit finalement compatissante. Il est vrai qu'un appendice et une couille en moins pouvaient lui sembler un châtiment suffisant. Mon père fut traité par des rayons. Un peu partout sur son corps de petits points bleus lui furent tatoués.

Dans les toilettes de la rue Marbeuf, mes parents avaient affiché à leur arrivée une série de photos représentant les sept péchés capitaux. Il s'agissait de grands et beaux tirages couleurs sur papier brillant. Chaque péché était traité de manière conceptuelle, comme s'il s'agissait de publicités pour le vol ou le meurtre. Au fil des années, les photos se décollèrent du mur et disparurent une à une. Sauf deux, qui résistèrent je ne sais combien de temps à tout, réfractaires et récalcitrantes : la paresse (un homme avec un chapeau de paille s'étirant au soleil) et la colère (une vitre étoilée sur fond rouge sang). Il m'arrive de songer que ce n'est pas un hasard.

Sur le trône, je me débrouille pour ne faire aucun bruit qui puisse s'entendre à travers la porte et me dénoncerait aux oreilles du monde. Je tousse au moment du fameux ploc. Un temps, je rêve de m'aménager un refuge dans les petits coins. Je m'y vois vivre à l'abri, protégé de tout, n'ayant jamais à en sortir puisque je peux y faire mes besoins. Cet aspect pratique m'enchante. Par la fenêtre en forme de hublot, une corde m'apporterait de la nourriture.

Un soir, je profite que mes parents sont sortis pour regarder en catimini dans leur chambre la télévision. J'espère surprendre n'importe quoi d'interdit et d'excitant signalé, à l'époque, par un carré blanc. Mais je tombe sur Max déguisé en musicien, sauf qu'il porte des couettes et que sa main en pâte à modeler se métamorphose en mille doigts s'animant sur le manche d'une guitare électrique. A un moment il dit : “Quand j'étais gamin, chaque fois que je rencontrais une fille, ça ne se passait jamais comme dans les chansons. Je n'ai jamais écrit une chanson d'amour. Il ne faut pas mentir aux kids."

Quelques années plus tard, j'apprends qu'il s'agissait de Frank Zappa. Parmi toutes les idoles qui étaient déjà proposées au marché de la jeunesse pour qu'elle s'épuise loin d'elle-même et vieillisse au plus vite, il fut le seul que j'admirais pour son refus d'en être une, tout en ayant plus de talent que la plupart. Il était l'esprit qui rit, comme Lautréamont me révéla le premier la poésie. Son groupe s'appelait à l'origine les Motherfuckers – comment pouvait-il savoir pour moi ?

Nul autre que lui ne savait enchaîner un morceau sur une seule note, comme on fait une passe sur un pied au rugby pour provoquer un décalage victorieux dans la ligne d'attaque. Avec lui, les frontières dévoilaient leur pénible intention de séparer les choses et les êtres. Liberté, joie, invention : tout ce qui manquait à ma vie, je pouvais l'entendre dans sa musique. Je voulais vivre dans un tel monde qui donnait enfin à l'existence du panache, mais je m'exaspérais de ne le trouver que sur microsillons.

Neuf ans. Je suis dans l'immense vestibule de l'appartement des Fenwick, et Marie-Blanche et moi devons aller nous cacher tandis que Fabrice compte jusqu'à cent. Nous nous séparons et je me perds bientôt dans les pièces qui n'en finissent pas de communiquer, les couloirs qui ouvrent sur un petit salon, un vaste bureau, de nouveau un petit salon – et je n'ai même pas encore vu l'ombre d'une chambre.

La moquette bleue est si épaisse que je ne m'entends pas marcher. Il y a des tableaux partout, des fleurs dans des vases, de grandes fenêtres avec, à mi-hauteur, de petits vitraux de différentes couleurs qui donnent sur les jardins du rond-point des Champs-Elysées. C'est un magnifique labyrinthe, qui pourrait contenir mille fois la rue Marbeuf. Mais au bout d'un moment je m'inquiète du silence qui règne autour de moi. Je voudrais retrouver les autres et sortir de ce dédale trop feutré dont j'ignore le mode d'emploi. Mais impossible de me repérer. Je tourne en rond et m'énerve de ne déboucher nulle part.

Au bout d'un couloir je pousse une porte. C'est une salle de bains. Me tournant le dos, madame Fenwick est en train de se laver les fesses au bidet. Elle est nue. C'est un spectacle éblouissant. Jamais je n'ai vu une chose si belle.

Aujourd'hui encore je rends grâce de ce que madame Fenwick ne m'ait pas entendu arriver car, de longues secondes, je peux la contempler à mon aise. Je ne songe d'ailleurs pas à me cacher. Je reste sur le seuil de la salle de bains, saisi d'admiration, uniquement soucieux de ne pas troubler la perfection de cette scène qui, par la suite, pourra convenir à mille visages puisqu'elle ne m'en impose aucun. Car dans ma mémoire se grave uniquement la vision d'un dos éclatant, la grâce auburn de cheveux caressant les épaules, l'ondulation dorée de la colonne vertébrale tandis que ploie le bras pour disparaître dans l'entrecuisse, suivi des reins qui se creusent lorsque passe le gant de toilette dans la raie des fesses – Ingres et Delacroix réconciliés rien que pour moi dans une salle de bains.

J'ai chaud. D'une chaleur dont j'ignore tout. Mon cœur bat follement. Je l'entends même se rapprocher. Mais ce sont des pas dans le couloir ! Lorsque je me retourne, la grand-mère de Fabrice se dresse devant moi. Elle me toise d'un air qui salit tout sur son passage. Dans ses yeux je lis une faute qu'elle verse dans mon regard, fait mienne et je ne suis plus que ver de terre soudain. Ma condamnation est sans appel. Tout plaide contre moi. Je m'enfuis en courant, poursuivi par l'ignoble regard, comme si la vitesse pouvait le semer.

Lorsque je retrouve Fabrice, je n'ose lui dire ce qui vient de se produire. Il s'agit de sa mère, tout de même. Je suis dans un état de nervosité extrême. Madame Fenwick doit déjà être prévenue du genre de petit vicieux que je suis. Je voudrais n'être jamais né. Je suis aussi terrorisé à l'idée de croiser l'affreuse sorcière qui a tout gâché. Encore une fois tout est gâché. Gâché au dernier moment. Au meilleur moment.

Marie-Blanche nous a rejoints et je me sens soudain étranger à sa présence. Mais je n'ai pas le temps d'y songer. Non plus au singulier triangle que constituent la femme, la fille et la vieille, et dont, à mon insu, la géométrie commence déjà à tisser la toile de mon imaginaire. Je propose avec empressement que nous allions tous jouer dans les jardins des Champs-Elysées. Fabrice doit cependant demander la permission à sa mère. Celle-ci arrive bientôt dans le grand salon. Je me fais tout petit dans un coin.

Elle est magnifique, d'une allure qui, je l'apprendrai un jour, n'appartient aux femmes que lorsqu'elles sont épanouies et n'ont jamais eu à faire la vaisselle de leur vie. Seule la bourgeoisie éclairée produit parfois de tels mirobolants spécimens, qui font son unique et néanmoins désespérant mérite.

Madame Fenwick porte un chemisier grège. Par transparence on devine ses seins et je me surprends à les regarder en coin. Je ne suis décidément plus le même. J'ai honte, mais tout est intense. Il m'en est resté un goût excessif pour les chemisiers et les échancrures, quelle que soit la femme.

Madame Fenwick s'est approchée de nous et Fabrice lui demande si nous pouvons sortir. Tandis qu'il parle, j'ose lever les yeux vers elle. Je suis d'avance résigné à l'inéluctable. Mais par-dessus l'épaule de Fabrice, madame Fenwick m'adresse un sourire qui n'est que pour moi et me sauve pour la vie. Un sourire de fée. Ce que je dois à ce sourire n'est pas mesurable. Il me dit que je ne suis pas coupable, rien n'est jamais perdu, la beauté est source de bonté, l'existence une félicité, l'imprévu l'unique approbation de la vie, et tant de choses encore, dont madame Fenwick ne peut avoir idée, mais qui réfutent le destin que la société et ma famille me réservent déjà. Je souhaite à tout le monde de rencontrer un jour une madame Fenwick. Surtout qu'elle propose que je reste déjeuner et me joigne à eux pour une partie de golf qui doit tous nous emmener en dehors de Paris pour l'après-midi. J'ignore ce qu'est le golf, mais ce doit être divin. Jamais je n'ai été aussi heureux.

Au téléphone, ma mère ne fait pas trop de difficultés pour m'autoriser cette sortie dominicale impromptue. Dans les taillis des jardins des Champs-Elysées où Fabrice, Marie-Blanche et moi sommes allés jouer, je saute partout comme un cabri et mes forces m'apparaissent illimitées. Je pourrais enjamber la ville entière.

Lorsque nous remontons avenue Gabriel, madame Fenwick est assise dans l'un des grands fauteuils du salon. Elle pleure. Debout à côté d'elle, sa mère lui tapote l'épaule, mais sans conviction, comme si toute consolation était inutile. Je ne comprends pas. J'ai l'impression d'avoir déjà vécu cette scène, mais sur l'instant je ne sais où. Que s'est-il passé ? Tout à l'heure elle souriait et maintenant… Je perçois le retournement de situation, mais ne parviens pas à lui donner un sens.

La fête est finie. Encore une fois je me tiens sur le seuil, toujours sur le seuil, salon ou salle de bains, comme devant un écran, la scène m'apparaissant à onze heures, nord nord-ouest pour être exact – et depuis lors je n'ai plus cessé de marcher dans cette direction : nord nord-ouest, comme s'il n'y en avait pas d'autre pour moi, pour enfin franchir le seuil, traverser l'image, rejoindre madame Fenwick, la sauver, oui, spontanément mes pas m'entraînent toujours dans cette direction, même pour acheter du pain je préfère aujourd'hui la boulangerie qui fait l'angle nord nord-ouest alors que son pain est toujours trop cuit.

La fête est finie. Je voudrais dissoudre les larmes de madame Fenwick. Faire quelque chose. N'importe quoi. Effacer ce mauvais tableau qui rature le licencieux Boucher de la salle de bains. A croire qu'un art a disparu tandis que nous jouions dehors. Je ne comprends pas. Je n'ai que ces deux scènes pour m'accrocher. Elles ne parviennent pas à coïncider. Se contredisent et ouvrent entre elles un abîme. De l'une à l'autre je cherche un fil, reconstitue comme je peux le temps, toutes les images manquantes qui conduiraient de la salle de bain au salon, de la joie aux larmes. En vain. Et je reste comme anesthésié, vide de vie, sans plus rien ressentir, ni sentiment ni sensation, seulement un besoin gourd de néant, comme un brouillard m'envahissant depuis derrière les yeux, torpeur sans nom et sans température dans l'épaisseur de laquelle je me dissous, ne laissant sur place qu'une statue de moi changé en pierre qui doit encore trôner à l'insu de tous dans l'entrée.

La fête est finie. C'est la seule certitude que j'aie. La vieille Fenwick s'est approchée pour nous empêcher d'entrer dans la pièce. Derrière elle, sa fille détourne la tête pour se dissimuler à nos regards. Elle demeure prostrée, c'est bien plus que du chagrin, on dirait qu'elle ne pourra plus se lever, comme si son existence venait de s'effondrer à ses pieds et ne devait plus jamais voir le jour.

Toute la pièce semble d'ailleurs plongée dans un accablement définitif. La lumière, tout à l'heure radieuse, est lugubre. La vieille Fenwick me dit que je dois rentrer chez moi. De golf elle ne parle pas. Je ne pose pas de questions. Ne proteste pas. J'ai maintenant l'habitude du désenchantement. La science de la vie commence à entrer en moi. A force. Quelle brutalité cependant : j'ai à peine le temps de dire au revoir à Fabrice et Marie-Blanche que la porte s'est déjà refermée sur moi. Sur le palier ma vie ne vaut soudain plus rien.

J'ignore à ce moment-là que je viens de voir les Fenwick pour la dernière fois. Car plus jamais je n'aurai l'occasion de me rendre avenue Gabriel, ce lieu si bien nommé où je reçus tant d'annonciations.

L'instant d'après je marche vers le rond-point des Champs-Elysées. Une foule immense bloque la circulation. Curieusement il fait presque nuit. Des gens crient des choses auxquelles je ne saisis rien. Certains brandissent des banderoles, parfois des drapeaux noirs ou rouges. D'autres ont le visage dissimulé par un foulard ou une écharpe. Partout le tumulte. J'en vois qui lancent des projectiles vers je ne sais quelle cible. Des cris de joie prolongent leur chute. Ça court dans tous les sens, se heurte, grogne. Une fille se casse la figure, elle continue de courir à quatre pattes.

Je ne comprends rien. On dirait que le monde a totalement changé d'aspect en une après-midi. Tout va trop vite. Grouille. Se télescope. Je me sens infime. Un événement chasse l'autre, sans lien apparent, nul sens que je puisse saisir. Mais je sais que mon histoire vient de basculer. Le monde n'a pas neuf ans, comme je le croyais : je suis en 1969 et n'occupe le centre de rien. Je ne suis rien. Je suis seul. L'univers ne m'appartient pas. Il existe un monde qui est celui des adultes, et il n'est pas celui des grands que je connais. Comme un changement d'échelle en ma défaveur. Je ne me sens rattaché à rien. Les ponts ont été coupés. Etranger je suis. Incongru. Libre et vain.

Au milieu de la rue, je dois lutter pour ne pas me faire piétiner. Je voudrais rentrer chez moi. Mais de brusques mouvements de foule m'obligent à refluer avec les autres. Je cours sans savoir pourquoi. J'ai peur. Je n'entends plus que le souffle court des gens qui détalent à côté de moi. On dirait une immense respiration animale. Je me faufile comme je peux au milieu des ombres. C'est excitant aussi. Je repars de l'avant. Cap au nord nord-ouest.

Lorsque je me sens soulevé de terre : derrière sa visière, un CRS me gueule ce que je fous là. Il brandit sa matraque au-dessus de ma tête. Je m'enfuis à toutes jambes. L'avenue

Montaigne est dégagée. Je ne reprends ma respiration qu'en arrivant rue Marbeuf.

A mon père qui m'ouvre la porte en pyjama, je dis seulement que la partie de golf a été annulée au dernier moment. Il retourne faire la sieste avec ma mère.

Tout le reste de l'après-midi, je le passe dans ma chambre à enfermer au plus profond de moi chaque minute de cette prodigieuse journée qui m'a fait vieillir de deux mille ans et révélé l'immarcescible ampleur de la vie. Pour la première fois, je sais que j'ai une vie qui m'est propre. Les événements m'ont dix fois enfanté moi-même et je me sens riche d'une existence qui ne doit rien à personne.

Le soir, toute la famille se retrouve pour manger sur des plateaux devant la télévision en attendant le film du dimanche soir. Tout se déroule comme si rien ne s'était produit. Comme si j'étais toujours le même. Le quotidien devrait pourtant s'être fracassé en deux. Comment les murs, les assiettes, le dessus de lit peuvent-ils encore demeurer en place ! Personne ne voit donc que rien ne peut plus être comme avant ? J'ai pourtant vécu une vie entière en une après-midi et il est impossible que cela passe inaperçu. Il doit y avoir une marque sur mon visage, un pli, je ne sais quoi, un fragment du cosmos dans mon regard. Mais non. Papa me tend un morceau de pain. Maman essuie ses lèvres avant de boire une gorgée de vin rouge. Je vois chaque geste et ils m'apparaissent démesurés. Leur grotesque répétition me saute pour la première fois aux yeux.

J'en tremble sur ma chaise. Je ne peux plus les voir. C'est un piège. Tout ceci est faux. Un délirant mensonge. J'ai vu. Je n'ai pas rêvé. Je sais. Madame Fenwick et tout le reste. Il existe une autre dimension. Un temps vivant. Du vent. Une magie que je ne veux pas oublier. C'est cela : une magie. Il ne faut pas que je l'oublie. Jamais. Je ne dis toutefois rien. Ne peux pas. J'ai renoncé depuis longtemps à me faire entendre. D'ailleurs je n'ai pas de mots pour raconter. Je reste silencieux, les yeux rivés sur le petit écran pour ne plus rien voir ni entendre. M'accroche aux images pour des raisons qui ne leur appartiennent pas et sans lesquelles elles n'auraient aucun succès.

Lorsque les actualités montrent soudain le rond-point des Champs-Elysées noir de monde : une manifestation contre un certain Franco a dégénéré devant l'ambassade d'Espagne. Les gens protestaient contre l'exécution d'un condamné à mort devant survenir à l'aube ; je me sens tout à coup moins seul.

Puis il est question de la première grosse prise de drogue en France : lors d'un accident de la circulation sur les Champs-Elysées, embouteillés en raison de la manifestation, la police a inopinément découvert dans le coffre d'une voiture plusieurs kilos d'héroïne. Arrêté, le conducteur se rendait avenue Gabriel, paraît-il. Moi seul devine chez qui.

Quoi qu'il en soit, ni le lendemain ni les jours suivants Fabrice ne vient en classe. Il se raconte que toute la famille Fenwick a précipitamment quitté la France pour s'installer à Port-au-Prince ou Fort de France, je ne sais plus. Au bout du monde en tout cas. Là où ils ont tous disparu : mon meilleur ami, mon amour d'enfance et leur mère la déesse. Disparus sans laisser d'adresse, rien, pas le moindre adieu, sans que je sache pourquoi, d'un seul coup, on peut donc disparaître comme ça, le ciel et la terre s'évanouir en une seconde ? La fête est finie. J'ai neuf ans. Pourquoi suis-je encore là ? Pourquoi suis-je là ? Et à quoi bon puisqu'ils ont emporté avec eux ma raison d'être. M'ont coupé de moi-même, abandonné et laissé plus orphelin sur terre que si mes parents étaient morts. Je n'ai plus aucun but désormais. J'ai le sentiment qu'il est trop tard. Il ne me quittera plus.

C'est pourtant à partir de là que j'ai commencé de rire. Tout n'était-il pas d'une passionnante absurdité ? La vie une infernale malice ? On croit que l'on vit jusqu'à ce que l'on vive vraiment, meure, ressuscite, je venais d'en être le témoin. Tout n'était que leurre, buée, mouvements. Sans que je le sache, cette journée fatidique décida du principe de ma vie : je ne serais désormais sensible qu'aux apparitions et aux disparitions. Alors seulement je m'aiguise, retrouve mes contours, accède au Moyen Age. Mes sensations deviennent sensationnelles. Le temps remue. Je vis.

De quoi me plaindrais-je ? Encore tout à l'heure une apparition a frappé à ma porte et je lui ai ouvert. Je suis bienheureux. Même mon cas particulier a orgueilleusement cessé de m'encombrer. Que pouvait-il signifier devant la vérité qui venait de m'être révélée. Depuis ce dimanche de 1969, les aléas du moi me sont toujours apparus piteux. Et plus encore chez les autres, ce qui fut rarement bien interprété. C'est que bien peu soupçonnent que les phénomènes sont plus surprenants que les êtres, lesquels n'en sont qu'un avatar. Il est vrai que je n'ai connu personne qui ait eu la chance de vivre à neuf ans une après-midi résumant à elle seule la matière de cent années d'existence. Il me faudrait un jour payer ma dette pour avoir pu approcher l'intime prestidigitation du monde, l'absolu dégingandé de la vie.

J'ai payé.

Quinze ans plus tard, j'aimai une jeune fille qui m'avait ébloui rue de Buci, absolument foudroyé sur place par sa beauté et son chemisier grège, oui, grège, je ne le remarquai même pas sur l'instant, fasciné que j'étais par les taches d'encre imprimées qui le salissaient artistiquement, comme un mystérieux test de Rorschach, un fragment en négatif du cosmos.

En une seconde j'appartins corps et âme à cette vision. Je sentis nettement un déclic, comme si je ne sais quel esprit infusait tout à coup en moi. Elle s'appelait Fabienne. Le soir même je l'emmenais à Bruxelles, puis dans les îles anglo-normandes, où il gelait. Notre histoire commençait comme un parcours.

Nous vécûmes quatre années ensemble.

Lorsque je la présentai à mes parents, ma mère apostropha mon père après le dîner : “Elle te plaît, hein !” Mon père se leva pour aller chercher le dessert à la cuisine. Je n'en pris pas.

Au café, ma mère fit l'éloge de la jeune fille que j'avais quittée quelque temps auparavant, après trois ans de vie commune. Elle la regrettait. J'aimais Gaëlle, elle était la première que j'avais connue, mais j'avais soif de passion.

Nous vivions une abominable petite vie de couple bohème qui, à l'époque, m'était apparue enviable après la rue Marbeuf. Mais quitter mes parents n'avait pas suffi pour que je me sente enfin libre et Gaëlle leur convenait trop bien pour qu'elle me corresponde. Notre rupture fut lente et douloureuse. Gaëlle avait cessé de se droguer depuis qu'elle me connaissait et je me disais que je n'avais pas le droit de la laisser tomber ; je la fis souffrir bien davantage avec mes scrupules. Un jour, j'allai voir ses parents et leur annonçai mon intention de quitter leur fille. "J'ai besoin de voir le monde", leur dis-je. Sa mère pleura. Son père tira nerveusement sur sa pipe. J'appris plus tard que Gaëlle avait fait un séjour de plusieurs mois en hôpital psychiatrique. Une fois je l'aperçus dans la rue : elle était d'une maigreur extrême, toute de noire vêtue, et je me cachai derrière un arbre pour ne pas me retrouver en face de mon œuvre.

Fabienne était tout le contraire de Gaëlle, comme Laurence sera plus tard le contraire de Fabienne, sans nullement renouer pour autant avec Gaëlle. Physiquement, elle était aussi grande, belle et glaciale que Gaëlle était petite, tourmentée et sensible. Surtout, alors que tout avait été simple avec Gaëlle, Fabienne ne pouvait jouir qu'avec un homme qu'elle méprisait ; elle m'aimait ; le meilleur que j'espérais d'elle se retournait contre moi. Nous connûmes des nuits atroces. Sans cesse elle vérifiait si une tache ne salissait pas son derrière.

Elle finit, après trois années irréprochables, par se donner à un bel Espagnol qui sortait de prison. Tout un été elle adora le mépriser. Elle nous narguait tous les deux. Lorsque je l'appris, je jetai de rage par la fenêtre un petit chat que nous avions recueilli. Il s'écrasa contre une vitre de l'immeuble en face. Epouvanté, je le cherchai dans la nuit. Enfin je l'entendis miauler faiblement. Une fenêtre s'ouvrit et une voix de femme l'appela. Il était sauvé.

Assise sur le canapé, Fabienne n'avait pas bronché. Elle restait comme une statue. Je la giflai. Le regrettai aussitôt tandis qu'elle se précipitait dans la salle de bains voir si je ne l'avais pas défigurée. Je ne savais plus quoi faire. J'explosai une bouteille d'encre sur le mur. Il se couvrit d'éclaboussures, d'où surgit un yéti monstrueux. Les taches de son chemisier qui m'avaient fasciné lors de notre première rencontre venaient de livrer leur secret. A la fin de cette nuit accablante j'avais épuisé toute ma jalousie.

L'hiver suivant elle me quitta. “Aux Etats-Unis est la vraie vie”, affirmait-elle. Je renonçai à la convaincre de sa stupidité. J'étais fatigué de notre histoire. Elle n'avait tenu aucune de ses promesses.

Elle partit. Et pour la première fois je sus ce qu'était le désespoir ; il m'apparut épouvantable et salutaire. Un seul être vous manque et tout est repeuplé. Toutes les nuits je le mettais en peinture, m'étourdissant de rage et d'essence de thérébentine sur des toiles deux fois plus grandes que moi. Des heures entières je vidais mes entrailles sur des fonds grèges. Ressuscitais des harmonies vivantes. Il avait beau geler dans la pièce je n'avais jamais froid. Ce furent des nuits grandioses. L'esprit des taches parlait en moi.

Deux mois plus tard Fabienne m'appelait de San Francisco, où je l'avais envoyée chez mon frère. Elle était au fond du trou. Pleurait jour et nuit. Elle voulait que je vienne la chercher. Elle n'avait même pas la force de rentrer à Paris.

L'idée qu'elle exagérait ne me vint pas. C'était comme si je n'attendais que cela : partir. Cet appel du bout du monde était irrésistible. En quinze jours je vendis le peu que je possédais pour réunir l'argent du voyage et abandonnais un premier projet d'exposition. Les allocations chômage devaient assurer ma survie là-bas.

Pas un instant l'idée que je partais la reconquérir ne me traversa. Il fallait seulement que je me rende là-bas, c'était entre moi et moi : ma partie. J'étais d'ailleurs le premier à juger mon départ absurde. Mes amis pensaient que je cherchais à épater le monde.

Elle se jeta dans mes bras à l'aéroport de San Francisco. A partir de là tout devint irréel. Nous achetâmes cinq cents dollars une Buick Skylark bleu métallisé et partîmes vers l'est, en prenant par le sud. Nous étions comme hors du temps. Roulions nuit et jour. Rien n'avait de sens. Nous faisions l'amour désespérément. Dans chaque Etat la police nous arrêtait pour excès de vitesse, et même par hélicoptère dans le désert du Texas. Aussitôt nous filions nous réfugier dans un autre Etat. Les paysages défilaient comme les cassettes de Cure ou de Prince que nous mettions à fond. Plusieurs fois nous frôlâmes l'accident. Je ne m'étais même pas soucié de prendre une assurance.

Tous les trois ou quatre jours nous nous arrêtions dans un motel pour nous laver et dormir dans des draps frais. On garait la Buick sur un parking, une machine nous délivrait le passe magnétique d'un bungalow où la moquette fuchsia faisait dix centimètres d'épaisseur. La robinetterie était hollywoodienne. Le matin, on glissait la carte Bleue dans la machine pour récupérer la voiture. On repartait sans avoir vu personne. C'était effrayant et euphorique.

Puis nous passâmes la frontière. Fabienne voulait visiter le Golfe du Mexique. C'est là que la mort que nous cherchions nous attendait. Sur une route défoncée qui ne menait nulle part, une demi-douzaine d'ouvriers mexicains nous poursuivirent à bord d'un pick-up trail. Leurs phares blancs nous cernaient dans la nuit. Nous les avions croisés un peu plus tôt et j'avais vu dans leurs regards tout ce qu'ils rêvaient de faire à la blonde dont ils apercevaient les longues jambes bronzées dans une Buick immatriculée en Californie-USA. Toute leur vie humiliée déformait leurs traits d'un désir qui réclamait réparation. Il ne fallait pas espérer pouvoir discuter avec eux. Leur hargne était terrifiante. Une heure plus tard ils avaient fait demi-tour et nous avaient rattrapés.

Tenter de les semer était inutile. La Buick rebondissait sur d'énormes caillasses. Cognait dans les nids de poule. Je ne pouvais accélérer davantage sans risquer de verser dans le fossé ou casser une roue. A perte de vue s'étalait la plaine et il n'y avait aucun secours à espérer. Nulle âme qui vive à des dizaines de kilomètres.

Je me sentis infiniment désolé pour elle. Ce qui allait suivre ne serait pas drôle. Pour moi non plus. Je me rappelle avoir tenté une plaisanterie. Quelque chose comme : "Allons, tout sera terminé d'ici une heure. A quoi bon s'en faire. La vie est belle." Ce n'était pas du courage, mais Fabienne était si terrorisée à côté de moi que toute ma peur s'en allait chez elle, comme absorbée. Des larmes coulaient sur ses joues et elle avait enroulé la lanière de l'appareil photo autour de sa main. C'était la seule arme qu'elle avait trouvée. Je lui dis de se cacher sous le tableau de bord. Elle se recroquevilla comme elle put et ne bougea plus.

La Buick partait dans tous les sens et j'avais du mal à tenir la cadence. Rejoindre à temps la route nationale était impossible. En conduisant, je songeai : "Ta dernière heure est venue. Voilà, ta dernière heure est venue, Grégoire. Ton parcours s'arrête ici." Ce furent les mots qui me vinrent. Je pensai cela froidement. Il s'agissait juste d'un constat. Je ne trouvai rien d'autre à me dire. Je me persuadais que la suite ne serait qu'une désagréable formalité me concernant à peine. Je n'en revenais pourtant pas : tout ce que j'avais vécu devait-il aboutir à cette route minable ? A cette fin sordide ? Cela n'avait aucun sens. Je n'avais rien vécu encore. Ces gens ne nous connaissaient même pas. Je songeai qu'on ne retrouverait probablement jamais nos corps. Il était même possible que l'on ignore toujours ce qui avait pu nous arriver. J'examinai le paysage. J'aurais voulu découvrir quelque chose, un arbre, un buisson, un piquet, n'importe quoi qui témoignerait pour moi. Marquerait au moins le lieu. Mais il n'y avait rien.

Alors j'en eus assez. La mascarade avait assez duré. Je freinai et immobilisai la Buick au milieu du chemin. Qu'on en finisse. J'étais prêt. Le pick-up s'arrêta lui aussi. Ses phares blancs éclaboussaient derrière nous à moins d'une dizaine de mètres. Je coupai le contact. Il se fit alors un silence total. On voyait le vent balayer la plaine à travers le pare-brise. La nuit était magnifique. Phosphorescente. Des milliers d'étoiles. La boîte à gants était mal fermée. Je voyais mes mains sur le volant. Rien ne se produisait. Ils ne venaient pas. Fabienne s'était redressée et attendait comme moi. Mais qu'est-ce qu'ils foutaient ! Je jurai tout haut et redémarrai brutalement la Buick. Le pick-up s'élança aussitôt. En une seconde il fut sur nous, je crus qu'il allait nous tamponner, mais contre toute attente il nous doubla et fila dans la nuit. Nous nous regardâmes dans la voiture. A chaque instant je m'attendais à trouver le pick-up en travers de la route. Mais non. Il avait disparu et nous ne le revîmes plus. Trois heures plus tard nous repassions la frontière américaine.

Le douanier à qui nous racontâmes notre mésaventure hocha la tête. "Tout le monde est armé dans la région, commenta-t-il. Lorsque vous avez stoppé la voiture, ils ont dû croire que vous étiez prêts à les recevoir et ils n'ont pas osé vous attaquer. Ils ont dû se dire qu'il y aurait des morts. Vous avez eu beaucoup de chance."

Il était dit que cette nuit était la nôtre : en remontant vers le nord, nous traversâmes une forêt. Des centaines de biches et de daims broutaient au bord de la route. Il y en avait peut-être des milliers. Et d'autres sortaient encore des sous-bois. J'engageai doucement la Buick sur l'herbe. Les daims s'écartaient à peine devant nous. Ils gambadaient dans la lumière crue des phares. On sentait que c'était leur heure. Des jeunes se roulaient dans les trèfles. Je coupai le moteur. Ce fut sur le capot tiède de la Buick que Fabienne jouit pour la première fois dans mes bras. Elle en fut la première surprise. Elle ne croyait pas cela possible. Son visage était tout rouge et elle se mit à rire comme une enfant. Soudain elle était légère. Elle pouvait donc être heureuse sans mépriser. La malédiction était levée. Il avait tout de même fallu qu'elle côtoie la mort pour y parvenir. Ce fut une nuit importante pour elle. Nous rentrâmes peu après en France.

Dans l'avion, je me sentais incroyablement serein. Cela n'avait rien à voir avec Fabienne. J'avais la sensation d'avoir renoué avec mon histoire. Accompli ce que je devais faire. Pour une fois les choses n'avaient pas avorté. Ce n'était pas comme cette partie de golf qui avait été annulée. Cette réflexion me vint d'une façon totalement incongrue. Elle surgissait de l'oubli et ce fut comme une illumination. A lui seul, le mot golf semblait ramasser ma vie depuis quatre ans, oui, tout tenait dans ce petit mot de quatre lettres dont s'était emparée mon imagination depuis que madame Fenwick me l'avait fait miroiter, quinze ans plus tôt, comme l'aboutissement d'une félicité qui, finalement, m'avait été refusée. Sans que je le soupçonne, il était devenu pour moi l'emblème du bonheur, comme les staphylocoques dorés l'étaient de la mort.

Je me souvins alors que, dès ma rencontre avec Fabienne, j'avais voulu l'emmener "en dehors de Paris", unique indication que je possédais de l'endroit où devait se trouver ce golf que madame Fenwick m'avait promis. Là encore, mon désir avait d'emblée dévoilé ses intentions : dans son chemisier grège, Fabienne était celle qui devait assouvir ce souvenir resté inachevé. Et de fait, elle réussit à m'entraîner dans cette immense partie de golf que fut en définitive notre extravagante traversée des Etats-Unis, jusqu'à cet avant-dernier trou du Golfe du Mexique où tous deux faillîmes tomber ; mais à la fin, tout s'était heureusement terminé sur le *green*, parmi les biches et les daims. Je comprenais à présent l'impulsion qui m'avait poussé à tout quitter pour me rendre de l'autre côté de l'océan. Là-bas devait s'inventer mon golf, encore plus éloigné de Paris que je ne l'imaginais, comme si la dimension du mythe devait se mesurer à la plus grande distance géographique. En descendant de l'avion, j'adorais la vie.

A Paris, nous n'avions plus d'argent. Nul endroit où dormir. La sœur de Fabienne, qui s'appelait Laurence, nous hébergea. La situation ne pouvait cependant s'éterniser. Une après-midi que nous prenions un verre au café de Flore, un journaliste vaguement connu traversa la salle. Je poussai Fabienne à aller le voir. Elle détenait une carte de presse et il aurait peut-être un emploi pour elle. Elle n'osait pas. Je me moquai d'elle. Elle l'aborda. Ils s'installèrent à une table à l'écart. Une heure plus tard ils partaient ensemble. A travers les vitres du café, je vis qu'il passait son bras autour de sa taille. Un an après j'apprenais par hasard dans un journal la naissance de leur première fille.

C'est ainsi qu'elle sortit de ma vie en sortant de ce café, sans un mot ni se retourner, après tout ce que nous avions vécu pas même un regard, rien, pour ne plus jamais réapparaître ni donner aucune nouvelle pendant dix ans. Un chef-d'œuvre de disparition ! Il fallut presque m'interner. Le lendemain, mes cheveux avaient blanchi d'un côté. Je n'en revenais pas. Quel flair était donc le mien, moi l'anosmique, pour avoir élu parmi la multitude l'être capable de reproduire la disparition de madame Fenwick qui, quinze ans auparavant, paraissait pourtant insurpassable ? L'histoire se répète de manière caricaturale, ricanais-je tout haut dans les rues. Avant de me dire que c'est peut-être la répétition qui fait l'histoire.

Je ne savais où aller et, trois mois durant, je vécus dans la rue, vivant de ce que les allocations chômage me versaient encore, errant le jour sans plus savoir qui j'étais, dormant à l'aube dans les cages d'escalier. Je ne connaissais plus personne et plus personne ne me connaissait. Pourtant je n'étais pas seul. J'entendais tout le temps des voix, qui m'ordonnaient de tourner à gauche, ou à droite, de marcher tout droit, de hennir, car un cheval avait poussé une nuit en moi (c'est immense le corps d'un cheval).

Les voix n'étaient pas méchantes ; mais elles m'auraient ordonné d'assassiner des inconnus ou de sauter dans le vide, je leur aurais obéi de même. Ces crises pouvaient durer deux ou trois heures, m'envoûtant de préférence en fin de matinée, vers les onze heures et demie. Il suffisait de l'inclinaison d'une paille dans un verre, d'un mot surpris dans une conversation, du langage codé d'un feu de signalisation à un carrefour pour qu'elles m'emportent à travers la ville. Tout me faisait signe.

Survenant à l'improviste, les voix disparaissaient de même, me laissant pantois et, en même temps, empli d'un sentiment de puissance que rien ne pouvait altérer, ni le froid ni la faim. J'étais le maître anonyme du temps. L'élu de l'infra-monde. L'incarnation du primesaut universel.

J'ignorais leur intention, mais lorsque les voix cessaient, je me réveillais invariablement devant une plaque commémorative fixée au fronton d'un immeuble. Mon nom n'y était pourtant jamais gravé. Ou alors j'étais tous les grands disparus. Je connus ainsi de marbrières pérégrinations. La ville entière était devenue un cimetière, que j'arpentais au milieu des morts innombrables comme un fantôme en quête de sépulture. La vie et la mort étaient pour une fois réconciliées.

Lorsque les voix me laissaient tranquilles, c'était alors une autre frénésie qui me saisissait : celle d'écrire tout ce qui m'arrivait dans les marges du moindre journal que je ramassais, support qui m'était vite apparu le plus propice dans ma situation. Car au milieu de celles du monde qui nous avilissent, je cherchais à donner de mes nouvelles pour rassurer la Terre entière sur mon sort et ne pas disparaître tout à fait. L'humanité dépendait aussi de moi, et encore aujourd'hui, comme de tout un chacun.

Je me rappelle une phrase qu'inlassablement je griffonnais sur tout ce qui me tombait sous la main, comme un talisman que j'accrochais partout : “Le chemin s'est perdu en cours de route, c'est donc qu'il y a une route.” J'ignorais laquelle, mais cette certitude me tenait debout. Ce que je vivais n'était pas aussi misérable et incohérent qu'il paraissait. Il y avait une raison à ma déchéance. Elle était même peut-être une chance. Je ne perdais pas confiance : l'avenir existait malgré tout.

De fait, lorsque je fus tiré d'affaire, je réalisai que, trois mois durant, j'avais eu neuf ans dans la peau d'un homme de trente ans afin de lever l'interdit où cet âge m'avait laissé. Et si une manifestation m'avait de nouveau barré le passage, il s'agissait cette fois de celle de la folie, ultime protestation de la vie lorsque la mort lui est arbitrairement imposée. Tout se transposait, s'approfondissait en variations. Les mêmes scènes se reproduisaient, mon histoire se déroulait de manière conforme, mais sous un autre angle, cosinus de l'ancien.

Ainsi, ce ne fut pas un CRS qui me renvoya chez moi : un jour qu'il faisait trop gris, j'allai m'asseoir dans un square et commençai à parler tout haut à une petite fille imaginaire qui, longtemps, m'écouta, sagement assise à côté de moi sur un banc. C'était Marie-Blanche, qui m'était revenue en esprit. Du bout du monde elle surgissait pour me donner du courage. Et avec elle des larmes que je retenais depuis plus de vingt ans.

Elle n'avait pas changé. Son beau et franc visage, son air réfléchi, sa minuscule cicatrice sur le menton, ses cheveux noirs coupés au carré illuminant sa peau pourtant mate : le temps n'avait rien altéré. Et elle aussi me reconnaissait. Mon amour ne m'avait pas oublié. Nous étions enfin réunis. Je guéris aussitôt. Car dès cet instant, les voix cessèrent, pour ne plus se manifester que sous la forme d'informes angoisses qui, de manière épisodique, me laissent certaines nuits pétrifié de terreur au bord d'un précipice qui remue sournoisement quelque part en moi en chuchotant mon prénom.

Peu après je me rappelai que j'avais des parents et sonnai à leur porte. Vingt ans plus tard, les mêmes circonstances me ramenaient donc chez eux. Sur l'instant, je n'y prêtais pas attention tant l'oubli guidait mes pas. Depuis trois mois, j'ignorais qu'il ne faisait que me ramener sur les lieux de ce fatidique dimanche où tout avait basculé pour moi. De manière infaillible, je repassais sans le savoir par les mêmes heures, devenues des semaines depuis le temps. Les minutes grandissent et prospèrent elles aussi.

C'est ainsi que je restai chez mes parents un temps proportionnel à celui qu'il m'avait fallu pour dîner vingt ans plus tôt en leur compagnie devant la télévision, avant d'aller me coucher et tout oublier. Ils ne me posèrent pas de question ni ne m'embarrassèrent d'aucune façon, me recueillant le plus simplement du monde. Loin de m'exaspérer, leur discrétion, cette fois-là, m'obligea.

Mais ils ne pouvaient toujours rien pour moi. Ni la télévision, que je ne songeais pas à regarder dans l'espoir d'y trouver, comme à neuf ans, une explication à ce qui m'était arrivé. J'avais trouvé mieux, qui était pourtant le même miracle dont j'avais besoin : *L'Odyssée* d'Homère, que je lus en une seule nuit transfigurée.

Jamais auparavant je n'avais connu semblable expérience avec un livre, et par la suite non plus. C'était comme si j'offrais mon visage au soleil. Chaque vers semblait écrit à mon intention et s'infusait en moi, s'écoulant par mes yeux et mes oreilles. J'étais la lecture même.

Ou plutôt, c'était *L'Odyssée* qui me déchiffrait. Car tout s'éclairait soudain à sa lumière. D'inouïes coïncidences surgissaient entre ce que je lisais et ce que je vivais, les frontières étaient abolies et je pouvais voir entre les lignes par où moi-même étais passé. En filigrane des aventures d'Ulysse se révélaient les miennes, non pas identiques, mais reprises. Charybde et Scylla, les bœufs du Soleil, le cyclope… j'avais, à ma manière, vécu tout cela. Je pouvais citer les lieux et les dates. Renouer les fils. Les voix que j'entendais n'étaient-elles pas celles des morts qui accaparent Ulysse descendu aux enfers ? A moi aussi les âmes des héros avaient cherché à raconter leur histoire. J'étais donc descendu en enfer ? Alors *L'Odyssée* était l'oracle qui m'enseignait mon avenir… Il me fallait parfois poser le livre pour reprendre ma respiration.

Je songeai alors à mes amours. J'en avais connu quatre dignes de ce nom, comme Ulysse dans toute *L'Odyssée*. Tout était vérifié. Calypso, Circé, Nausicaa et Pénélope avaient pour moi des visages. Je connaissais leur ancienne adresse. Possédais encore des photos. La nymphe était celle que j'avais photographiée nue dans une baignoire lors de vacances en Corse (comme Ulysse, je m'ennuyais avec elle et rêvais de partir) ; la magicienne avait posé pour moi illuminée de soleil dans le désert du Texas (sa froide beauté ne me transforma pas en pourceau, mais en cheval) ; la fille du roi m'avait laissé un cliché d'elle en train de se caresser devant moi (comme toutes les jeunes filles, elle allait chaque jour laver le linge sale de sa famille à la rivière et, dans mon cas, ce fut moi la rivière) ; quant à Pénélope, une photo de classe la montrait au premier rang entourée de tous les prétendants. C'étaient pareillement les quatre de l'Odyssée. Nord, sud, est et ouest. Hiver, automne, printemps, été. Judith, Rachel… Quant à Athéna, protectrice du héros aux milles expédients, dois-je encore la citer ?

Je me souvins aussi de cette petite gravure qui circulait sous le manteau, à la fin du règne de Louis XIV. Elle montrait le roi Soleil entouré des quatre femmes qu'il avait aimées et chacune posait la main sur un endroit de sa personne : Mlle de la Vallière sur son cœur, Mme de Fontanges sur sa bourse, Mme de Montespan sur son sexe et Mme de Maintenon sur sa couronne. Lui aussi était un inédit d'Ulysse.

Lorsque j'eus fini de lire, la matinée s'achevait sans que je m'en sois aperçu. Mes parents étaient partis travailler. Je restais seul dans ma chambre d'enfant. Mais tout était métamorphosé. Pour la première fois depuis longtemps j'étais calme. *L'Odyssée* traînait au pied de mon lit. Je n'avais pas coché une seule ligne. C'était inutile. N'était-elle pas enfin trouvée la route où s'était perdu mon chemin ? Une nuit entière mes mains avaient tenu la carte du temps et, désormais, je pouvais y situer mon errance et me repérer dans le monde. J'ignorais quelle boussole guidait les autres dans la vie, et s'ils s'orientaient vraiment par rapport à l'argent ou à je ne sais quoi d'aussi froid et impersonnel, mais cela ne me concernait plus.

Peu importait que j'eusse tort ou raison, ce n'était pas la question. J'avais raison. Il existait une dimension mythologique des êtres et des situations et elle donnait à la réalité une envergure qui lui est refusée d'ordinaire. Alors que je ne trouvais plus aucun sens à mon existence, *L'Odyssée* donnait avantageusement à tout ce que je vivais un sens homérique. Le livre m'enseignait la vie sous un angle inédit. Sur mes désarrois il posait d'antiques scellés. Ils tiennent encore.

Pourquoi me serais-je laissé convaincre que je devais me faire soigner si c'était pour souffrir un désespoir dont on ne peut faire aucun usage qui ne soit avilissant pour soi ou les autres ? Si c'était pour tomber réellement malade ou m'épuiser dans les bras de compensations programmées augmentant le malheur particulier et général. Je n'ai jamais cherché à être aussi raisonnable. Si je n'étais rien aux yeux du monde ni de personne, j'existais pour *L'Odyssée*, et cela légitimait enfin ma présence sur Terre. Le livre m'avait baptisé. Je n'étais pas Ulysse, confusion qui ne m'a jamais effleuré, mais le cycle se perpétuait à travers moi. Je pouvais m'estimer heureux.

On peut en penser ce que l'on veut, mais me croire un inédit d'Ulysse valait mieux que de me prendre pour un homme moderne. Fiction pour fiction, la mienne me rendait ma liberté de mouvements. Elle me donnait le pouvoir de dire non aux lois burlesques de ce monde. Mon esprit n'était plus social. Non plus mon corps. Sans avoir besoin de les nier, j'échappais comme par magie aux impératifs communs.

Infinies sont les ressources de l'homme : moi qui étais à la rue, n'avais-je pas trouvé, sans l'avoir prémédité, un refuge de plus de dix mille vers, autrement plus spacieux qu'un quatre cents mètres carrés avenue Gabriel ? De *L'Odyssée* personne ne pourrait jamais m'évincer. Elle était ce temple réservé pour une fois aux riches d'esprit. L'Eglise sans prêtre d'une religion à moi seul révélée. Je n'ai d'ailleurs jamais eu besoin de prendre des drogues, licites ou illicites (hormis le tabac). Mon Antiquité est une substance plus hallucinogène. Car il s'agit toujours de s'inventer son propre dieu, sublimation pour soi seul. Qu'un autre s'avise de faire de *L'Odyssée* son dieu, il me faudrait changer de religion. Même aux pires moments, ma vie ne m'a ainsi jamais déçu. J'avais trouvé ma formule.

Il m'est d'ailleurs arrivé de fréquenter des gens pour l'unique raison que je leur attribuais, sans qu'ils le soupçonnent (je ne suis pas si fou), un personnage de *L'Odyssée*. Cela m'a valu des relations plus vastes et imprévues que celles fondées sur l'intérêt ou la peur, comme c'est partout la règle. Je n'ai pas espéré grand-chose d'autre de mes contemporains.

Les jours qui suivirent cette nuit homérique furent plus longs que d'habitude. Il fallait cependant que je fasse quelque chose. Je ne savais quoi. Où diriger mes pas ? Je retournai dans le café où, trois mois plus tôt, avait disparu celle qui avait si admirablement incarné le fantôme de madame Fenwick. Je n'en bougeai plus. Des heures entières j'attendais que quelqu'un vienne me dire au revoir, n'importe qui, simplement au revoir, pour ne pas me laisser errant dans l'éternité défunte ; mais les gens me disaient bonjour et je restais assis, incapable de me lever et de m'en aller, ruminant sans fin et observant le monde éberlué depuis la même table en buvant chaque jour le même café.

Je passais mon temps à lire et à écrire sur des carnets. De peinture il n'était plus question dans ma situation, sinon avec des mots. Peindre faisait d'ailleurs partie d'une vie antérieure. Pour rien au monde je n'aurais fait le chemin à l'envers pour retrouver cette Eurydice. Je n'ai plus jamais retouché un pinceau. Ce fut mon sacrifice pour continuer de vivre, comme mon père avait remisé sa batterie.

Une après-midi, une très jeune fille vint s'asseoir à ma table. Sans que je lui demande rien, elle me proposa le studio qu'elle quittait rue Saint-Lazare, avec un trimestre payé d'avance. Je me borne à rapporter la chose comme elle se produisit. Le nom de la rue me sembla terriblement propice.

Le surlendemain, elle me remettait les clefs. Tout s'était déroulé comme par magie. Sur le trottoir, je ne savais comment la remercier. Elle se contenta de sourire, me dit au revoir et disparut dans la rue. Elle était pressée car devait récupérer du linge à la teinturerie avant que celle-ci ne ferme. Sur l'instant, je ne prêtai guère attention à ce détail ; mais y songeant dans la soirée, j'éclatai intérieurement de rire : ne devais-je pas ma chance à une pure manifestation de Nausicaa, dont il est dit dans *L'Odyssée* que c'est en allant laver le linge à la rivière qu'elle rencontre Ulysse ? Ainsi vivais-je ma vie à l'époque.

Et cela continua. Car peu après je trouvai du travail de la manière la plus fortuite qui soit : après une partie d'échecs disputée dans un bar, mon adversaire m'indiqua que l'agence de presse télématique où il était employé cherchait quelqu'un pour rédiger des dépêches. Lorsque je me présentai, le patron de l'agence me réclama un curriculum vitae ; je lui expliquai qu'il avait fallu plus de 10 000 vers à Homère pour raconter celui d'Ulysse. Cela le fit sourire. Il m'embaucha. Mon sympathique délire pouvait servir, devait-il songer. Quinze jours avaient ainsi suffi pour que je remonte la pente, comme on dit. J'avais un travail et un logement. Je pouvais souffler un peu. Rien n'est jamais définitif.

Si *L'Odyssée* disait vrai, je devais être rendu chez Alcinoos, le père de Nausicaa. Celui dont il est dit qu'il ramène Ulysse, pourtant le héros éveillé par excellence, endormi chez lui. Je me demandai ce que cela pouvait signifier. Devais-je m'assoupir au bureau ? Je tentai l'expérience une après-midi ; une heure plus tard un collègue me secouait rudement : je n'avais pas voyagé d'un millimètre. A l'évidence il ne devait pas s'agir de ce genre de sommeil. Lequel alors ?

Rien ne se déroulait d'ailleurs comme prévu. Alcinoos n'avait nullement l'air d'un roi : à l'agence, tout le monde l'appelait Tata et, une ou deux fois par semaine, il venait se coller derrière moi tandis que je tapais des dépêches au clavier. De longues minutes il restait immobile dans mon dos, sans rien dire, me frôlant, je pouvais sentir son souffle dans mon cou et j'avais l'impression visqueuse qu'il respirait mon odeur, s'en imprégnait en douce, tandis que sa respiration s'accélérait, comme des soupirs qui me rappelaient mon frère lorsque je l'avais rejoint dans son lit ; j'étais glacé de haine.

Je me retournais parfois brusquement. J'étais prêt à en découdre. Mais chaque fois Tata me souriait d'un air suave et innocent, son visage était un doucereux cadavre qui n'offrait aucune prise et je me mettais à douter de son attitude. Je savais pourtant que je n'inventais rien. Mais il était impossible de le confondre. Sans rien dire je me remettais au travail. Un bloc de granit dans le ventre. Tata s'attardait encore un peu dans mon dos. Puis il partait s'enfermer dans son bureau, d'où il ressortait une demi-heure plus tard les yeux rouges et déchirés. Je me sentais démoli.

Cette situation dura plusieurs mois. Je la supportai stoïquement. Je ne voulais pas retourner dans la rue. Cela n'aurait eu, cette fois, aucun charme. Je me faisais ainsi tout petit. Je laissais les autres débattre à la cantine des grands problèmes de l'heure, comme s'ils avaient prise sur eux. A les entendre, l'organisation sociale était menacée de toute part et il était urgent de la défendre. Je fixais mon assiette. Certains m'interpellaient amicalement : n'étais-je pas d'accord que cette société était épouvantable et qu'il fallait se mobiliser pour l'améliorer ; je répondais qu'améliorer ce qui était épouvantable, c'est le rendre pire encore. Ceux qui n'avaient rien vécu étaient les plus acharnés à blâmer ma désinvolture. Je n'essayais même pas de leur expliquer que mon ambition n'était pas d'exister dans ce monde, mais de faire exister un monde.

Tata, lui, était intarissable sur le sort de ceux qui souffraient un peu partout sur la planète ; mais à l'entendre, on avait l'impression qu'aucun d'entre nous n'habitait la Terre. Il militait dans des ONG. Son engagement faisait l'admiration. Dans son bureau, il avait affiché une plaquette montrant un adolescent palestinien torse nu assis sur une grosse pierre et tenant entre ses cuisses un fusil dont dépassait une fleur jaune. Il la couvait des yeux lorsqu'il recevait dans son bureau. Il flottait dans son pantalon, ses fesses étaient extrêmement plates et il refusait que quiconque passe derrière lui. Parfois il m'appelait Grégorius, comme mon frère lorsqu'il ne pouvait s'empêcher d'exprimer dans une langue morte son désir que quelque chose s'ajoute au cul des mots.

C'est dans ce fraternel environnement que je gagnais ma vie. Ma tâche consistait, pour 8 500 francs par mois, à rédiger en moins de soixante signes des faits divers où des enfants s'entretuaient à la sortie des écoles, des maris égorgeaient leur femme, des mères étouffaient leur bébé, sans parler des suicides et des inédits d'Ulysse qui se mettaient, assez logiquement somme toute, à trucider à l'arme lourde tous les prétendants qu'ils croisaient dans la rue. Moi qui rêvais de dix mille vers, j'étais bien puni d'écrire des flashs de deux lignes.

Pour ne pas devenir fou d'impuissance, je me mis à inventer des dépêches, que je diffusais secrètement. Le sabotage est l'unique arme qui reste à la portée de chacun.

Un soir, je diffusai à tous les abonnés la triste nouvelle que Tata était mort écrabouillé dans un accident de voiture. Lorsque j'écrivis le mot "écrabouillé", tout mon nom frémit d'aise. J'envoyai la dépêche en tremblant. Ce fut un crime parfait : personne ne pouvait retrouver le corps de celui qui, en une seconde, devint pour moi plus mort que si je l'avais étranglé de mes mains. De ce jour, je me réconciliai avec moi-même. Personne ne se rendit compte de ma plaisanterie. C'était encore plus édifiant. L'entreprise qui avait consisté à tordre mon être venait d'échouer. Je n'étais pas encore mort.

Quelques semaines plus tard, le mur de Berlin tombait. Les téléscripteurs nous faisaient vivre minute par minute ce magnifique événement qui allait changer nos vies et réconcilier l'humanité avec elle-même ; nous vivions, paraît-il, la "fin de l'histoire".

Une après-midi, je me levai brusquement de mon poste de travail. J'en avais assez. Qu'était devenue ma vie ? Je connaissais des amis à Berlin. Ils vivaient dans le quartier de Kreuzberg, le seul endroit d'Europe où l'existence m'avait paru avoir une certaine allure. La chute du mur condamnait la vie qu'ils y menaient et ils devaient être les seuls à ne pas participer à la générale euphorie. C'est auprès d'eux que j'avais envie d'être. Je désertai mon poste. Le soir-même, je marchais sur Orianen Strasse. C'est au retour de Berlin que je devais rencontrer dans le train celle qui allait ressusciter mes staphylocoques dorés. Alors que tout le monde se gargarisait de la "fin de l'histoire", c'est donc ce moment que je choisis pour renouer avec la mienne. En sorte, Alcinoos m'avait bel et bien reconduit chez moi. Mais pourquoi redirais-je ce que j'ai déjà dit.

On oublie souvent qu'à la fin de *L'Odyssée*, Ulysse quitte Pénélope pour de nouveau s'en aller, cette fois sur les routes. Il en a fini avec la mer et lui tourne le dos. Il doit cependant emporter une longue rame avec lui. Un jour, lui a révélé l'oracle, quelqu'un lui demandera ce qu'il fabrique avec une pelle à pain sur l'épaule. Ulysse saura alors qu'il doit planter sa rame en terre et il fondera un royaume. Si jamais j'espère encore quelque chose, c'est uniquement un jeu de mots qui désignera d'un autre terme ce que je traîne tout le temps avec moi – de même que les Evangélistes, en leur temps, appelèrent croix ce que leur héros, arrivé au terme de son Odyssée, portait sur le dos.

En attendant, mon grand-père paternel eut moins de chance qu'Ulysse : lorsqu'il rentra chez lui en 1945 après quatre ans de captivité passées dans un stalag, ce fut pour apprendre qu'il était accusé de bigamie et que sa femme demandait le divorce. Une enquête démontra qu'un soldat de la Wehrmacht avait profité de ses papiers pour épouser sous cette fausse identité une Française, abandonnée au moment de la débâcle nazie.

Si cette mauvaise plaisanterie frustra mon grand-père des joies des retrouvailles, ma grand-mère, qui s'était faite à l'idée que son mari était un salaud, resta avec sa colère sur les bras. Des années durant, elle s'enferma dans la salle de bains et, devant la glace, passait des heures à se crever la peau du visage avec une paire de ciseaux.

Quand elle ne se défigurait pas, ma grand-mère, qui avait fait les beaux-arts dans sa jeunesse, sculptait dans du coton hydrophile d'impeccables visages d'angelots.

Son travail impressionnait, au point que les Galeries Lafayette lui confièrent la décoration de leurs vitrines de Noël. Tout était prêt, ma grand-mère était parvenue à transformer des kilomètres de coton en une crèche immaculée avec tous ses personnages, lorsque l'on s'aperçut que rien n'était ignifugé. Malgré toutes les tentatives, le projet fut annulé.

Ma grand-mère rangea son œuvre dans des cartons. Mais une nuit, elle se réveilla et griffonna dans un demi-sommeil quelques mots sur une feuille de papier ; au matin, elle trouva sur la feuille une liste de produits, qu'elle courut acheter en ville. De retour, elle s'enferma dans la salle de bains ; lorsqu'elle en sortit, elle détenait le procédé d'ignifugation du coton hydrophile.

Ma grand-mère ne s'expliqua jamais ce prodige, ni ne révéla à quiconque le secret de sa découverte. Des industriels se déplacèrent pourtant de toute la France ; des émissaires japonais vinrent même jusqu'à Saint-Germain-en-Laye lui offrir un pont d'or. Elle tint bon.

Ce Noël-là, les œuvres ouatées et ignifugées de ma grand-mère firent l'admiration des passants du boulevard Haussmann. Et le Noël suivant aussi, tant le succès avait été grand.

De son côté, mon grand-père consacrait ses soirées à archiver des tonnes de dossiers qu'il ne finissait jamais de classer sur la table du salon. Lorsqu'un match de football passait à la télévision, il se levait au premier but marqué : "C'est cuit", maugréait-il en coupant le poste. Il n'imaginait plus que l'on puisse refaire son retard.

Il appelait sa femme "chatte", jamais par son prénom. Une fois, il mit sa main sur mon épaule et me dit gravement : "L'important avec les femmes, c'est de les faire rire."

Son père habitait avec eux. Nous l'appelions "l'autre grand-père". Il emmerdait Dieu et les cagots. Pour embêter sa bru, il attendait chaque matin qu'elle se lève et prépare le petit déjeuner : il bondissait alors hors de sa chambre et, nu comme un ver, faisait à soixante-dix ans sa gymnastique devant elle.

Tante Jotte était la sœur aînée de ma grand-mère. Un matin, elle se réveilla avec un point noir sur la joue. Le lendemain, le point était une petite tache ; chaque jour la tache grandissait, dévorant son visage. Elle mourut en quelques semaines d'un cancer généralisé. Son visage, devenu tout noir, me poursuivit longtemps. Lorsque Tonton Jacky arriva aux obsèques de sa femme, il conduisait la superbe DS blanche qui faisait sa fierté depuis des années. Moi seul parus faire le rapprochement avec la déesse noire que tante Jotte avait fini par devenir.

C'est exactement le jour de mes dix-huit ans que je quittai le domicile parental. J'étais majeur. Je crus que ma vie allait pouvoir recommencer.

Mais une fin d'après-midi, ma mère me téléphone. Elle a une drôle de voix pâteuse qui chavire et lui échappe. Elle me dit qu'elle m'aime, m'aime tellement, si je savais… Je crois qu'elle est ivre, mais pas seulement. Elle m'avoue qu'elle vient de prendre des médicaments. "Et alors ! hausse-t-elle le ton. L'important est que je t'aime, si tu savais comme je t'aime, je voulais te le dire avant…"

Ce n'est pas la première fois que ma mère tente de se suicider. Les trois derniers réveillons de Noël ont déjà été l'occasion de présenter nos vœux à Police-Secours. Et elle a plusieurs fois justifié ses poignets subitement bandés par sa maladresse à manier le grand couteau à pain. Mon frère et moi évitons d'en savoir plus.

Mais ce jour-là, je ne peux rien éviter. Je serre le combiné dans ma main tandis que décline à l'autre bout du fil la voix de ma mère. J'imagine qu'elle rampe à côté du téléphone car, en plus de faiblir, elle gémit parfois de loin. J'essaie de la faire parler le plus possible pour qu'elle ne s'endorme pas ; en même temps il faut que je raccroche pour appeler des secours tant qu'elle est encore en vie. Je n'arrête pas de tourner en rond dans ma chambre. Mais le fil du téléphone s'entortille, alors je me mets à tourner dans l'autre sens.

Je finis par raccrocher et préviens aussitôt mon père à son travail. Puis je me précipite dans le métro. C'est ce jour-là que trois contrôleurs de la RATP choisissent pour m'interpeller sans ticket. Je leur crie de me laisser passer, ma mère vient de se suicider. Ils ricanent d'un air entendu. A la contrôleuse qui me verbalise sur un carnet rose à souches, je lance : "Voilà bien toute la littérature dont vous êtes capable." Sa mâchoire se crispe et son stylo se met à trembler entre ses doigts. Autour de moi ses deux collègues deviennent menaçants. Je n'insiste pas. Sur le quai, une publicité affiche en gros caractères "J'ai bien fait de vomir." Il faut lire "J'ai bien fait de venir."

Lorsque j'arrive rue Marbeuf, les secours sont déjà là. Mais ce doit être un autre jour car, dans mon souvenir, j'ai maintenant douze ans et je rentre du collège. La maison grouille de pompiers et je ne comprends pas pourquoi. Ma mère est étendue en chemise de nuit sur le canapé du salon. Elle est livide et son regard déchire l'espace d'amertume. Dans un coin du salon, deux pompiers rangent le tuyau et le matériel qui, j'aurai d'autres occasions de l'apprendre, sert à pratiquer un lavage d'estomac.

Je m'assieds à côté de la fenêtre, là où je ne gêne pas dans le passage. Mon père remplit dcs papiers avec le chef des pompiers. Celui-ci dit qu'il doit emmener ma mère à l'hôpital ; mais elle s'y refuse catégoriquement : recroquevillée sur elle-même, on dirait un animal féroce. Elle répète dans le vide qu'il fallait la laisser mourir. Elle toujours si bien apprêtée, ses cheveux ne ressemblent à rien.

Après plusieurs tentatives, où il essaie de la raisonner ou lui parle avec sévérité comme à une enfant, le chef des pompiers se résigne à abandonner son projet, pourvu que ma mère accepte de voir un psychiatre qui la prenne en charge. Ma mère condescend d'un geste méprisant, puis détourne la tête vers le mur.

Chacun se met alors à patienter dans le salon. C'est un long silence sans issue. Mon père me demande si ma journée s'est bien passée à l'école. Sur le canapé, maman reste seule, l'air buté. Visibles par transparence, ses petits seins s'avachissent comme le reste de son corps. Le psychiatre arrive enfin et les pompiers vident aussitôt les lieux en ébranlant tout l'immeuble avec leurs bottes dans l'escalier.

Dès qu'elle le voit, ma mère raille d'un ton acerbe le manteau en poils de chameau dont le psychiatre se débarrasse à côté de moi. Celui-ci s'accroupit pour se mettre à sa hauteur et tente d'instaurer un dialogue. Pour toute réponse, ma mère écarte les cuisses et lui éclate de rire au nez. Malgré moi j'aperçois son sexe. Il est aussi noir que ses cheveux sont blonds et cela me rend perplexe. Encore un mystère. Un de plus. Mais ce n'est pas le moment de le résoudre et je me contente d'observer les manœuvres du psychiatre pour amener ma mère à se confier.

En retrait, mon père écoute en se mordillant la lèvre inférieure, le coude appuyé sur le chapiteau de la cheminée. Il intervient parfois d'une voix fluette pour préciser un détail, arrondir les angles, minimiser le drame. Chaque fois ma mère grogne et s'agite, pleine de mépris et de morgue. Elle parle de son dégoût de vivre. De l'inutilité de tout. Elle recommencera de toute façon. Plusieurs fois elle répète d'une voix dure : Mais quelle vie de cons ! Sa chemise de nuit pend sur ses jambes blêmes et couvertes de bleus.

Lorsque la séance est terminée, le psychiatre se lève et entraîne mon père à l'écart. Il lui parle suivi psychiatrique, soins. Dit qu'il ne peut rien faire maintenant. Ma mère doit venir à son cabinet. Il tient déjà un bristol dans sa main. Mon père s'inquiète des tarifs.

Sur le canapé, ma mère ferme les yeux, très vieille et toute menue soudain. Si seule.

Le psychiatre rédige une ordonnance, qu'il tend à mon père. Puis il cherche des yeux son manteau en poils de chameau. C'est alors que son regard tombe sur moi. Il me fixe et, pour la première fois de ma vie, j'ai l'impression que quelqu'un me voit. Son regard me dit que j'existe. J'ai cessé d'être transparent. Tout à coup j'ai un corps. Une âme. Il m'a vu. Il a vu. Il a compris. Il sait. Il va le leur dire. Il va leur dire que ça suffit les horreurs. Peut-être même va-t-il m'emmener tout à l'heure avec lui, le temps que les choses s'arrangent à la maison, et c'en sera fini pour moi d'être une serpillière posée dans un coin.

Je ne quitte pas le psychiatre des yeux. Il fait un mouvement vers mon père. Je sens qu'il va parler, c'est sûr, il cherche ses mots, il ne veut blesser personne, je le comprends ; mais je le vois enfiler son manteau en poils de chameau et prendre le chèque que mon père en réprimant une grimace a rempli sur le rebord de la cheminée. Il ne dit pas un mot. N'essaie même pas. Il s'en va peu après sans me regarder, et avec lui quelque chose d'infini en moi.

Assis sur ma chaise, j'ai soudain la conscience très nette qu'il ne s'agit pas cette fois d'un simple mauvais moment à passer. Les événements ne s'arrêtent pas à eux-mêmes, comme je le pensais, mais se prolongent en conséquences, qui deviennent à leur tour des événements, et ainsi de suite. L'innocence de l'avenir est une foutaise, je l'entrevois en un éclair. Il est trop tard. La vie qui m'attend est d'ores et déjà chargée de catastrophes qui la ratatinent depuis le début. Un pli a été pris, qui me rabat dans l'ombre, prétend même me confondre avec lui. Oui, quelque chose a été déréglé, j'ignore quoi, mais j'ai l'intuition que je n'ai pas fini d'en entendre parler. A moi-même je me fais alors la réflexion que je suis mal barré dans l'existence. Il va falloir que je m'accroche. Que je me durcisse tout au fond, sous des dehors souriants pour qu'on me laisse tranquille.

Dans mon lit, je me suis longtemps raconté l'histoire du psychiatre rentrant ce soir-là chez lui : il s'assied sur le rebord du lit et raconte à sa femme la visite qu'il vient de faire chez nous. Il dit qu'il aurait aimé faire quelque chose pour le gosse. Mais c'était impossible. Sa femme comprend que c'était impossible. Elle aussi trouve que c'est dommage pour le gosse. Elle est émue de sentir son mari si triste et abattu et elle l'enlace. Elle se sent fière de sa compassion. Puis ils parlent d'autre chose et je cesse d'exister pour eux.

Je ne sais combien de fois je me suis endormi en imaginant cette scène, comme un rêve que je fais avant de n'en avoir aucun pendant mon sommeil. Mais au réveil, je crache sur ce pourri de psychiatre qui a fait naître en moi un terrible espoir et m'a m'abandonné avec l'affreuse conscience que, par sa faute, j'ai à présent de mon sort.

Par la suite, faire attention à ce dont personne ne se souciait devint chez moi comme une seconde nature. Il suffisait que quelqu'un regarde dans une direction pour que je lui fasse honte de ne pas regarder dans une autre, où se trouvait le meilleur, qu'il refusait donc de voir. Je passais mon temps à harceler tous les regards que je croisais. La cécité était planétaire et je menais un combat sans merci pour que le monde ouvre enfin les yeux sur ce qui en valait la peine, plutôt que ce chiqué qu'il persistait criminellement à contempler. Politiquement, je devins intraitable : tout ce qui était perçu comme quantité négligeable recelait forcément la plus grande qualité. A la fin c'était devenu un tic. Il ne me rendit pas toujours malin : ce qui n'avait aux yeux des autres aucune importance n'en avait parfois réellement aucune ; il ne s'agissait pas systématiquement de moi qu'on oubliait dans un coin et que je devais sauver à tout prix. Non, le monde n'était pas un psychiatre qui détournait à chaque instant lâchement le regard. Il pouvait être pire, vu l'état dans lequel nous étions tous.

Treize ans. Chaque matin, je déniche un caillou en bas de chez moi et tape dedans jusqu'à la rue Clerc, dans le quartier du Gros Caillou, où se trouve mon collège. Malgré toutes les embûches qui nous guettent, je le conduis à bon port, heureux de lui permettre de voyager. Il me semble que je modifie ainsi quelque chose d'immuable dans l'univers. Une voiture manque une fois de m'écraser alors que je vais le récupérer au milieu de la place de l'Alma. Nous nous séparons invariablement à l'angle de la rue Clerc, où je le fais alors basculer dans une bouche d'égout. Chaque fois je lui souhaite bonne chance. J'imagine les fantastiques voyages qu'il va connaître, tandis que je suis contraint de rester ici. Au moins lui va vivre des aventures. Et c'est grâce à moi. Il est mon représentant vers l'ailleurs. On se reverra peut-être. Avant de le faire disparaître dans la bouche d'égout, il m'arrive de l'embrasser passionnément. Ce rituel dure toute une année scolaire.

C'est cette année-là que Béatrice parut. La mixité venait d'être introduite dans les établissements scolaires français et elle fut la seule à venir dans notre classe. Notre dépit ne dura guère : elle était une eau vive et, à la voir, on pouvait croire aux champs de mimosas en plein Paris. Elle n'était pas farouche. Ses seins roulaient sur l'or.

En quelques jours toute la classe lui mangeait dans la main. Elle n'avait qu'à faire un geste et dix visages se précipitaient. C'était à qui porterait son sac, ferait ses devoirs, lui offrirait des babioles. Béatrice riait. Offrait ses faveurs sans jamais les accorder. Organisait les rivalités. Le nombre des prétendants la protégeait. Je refusai d'en faire partie. Cette mascarade m'exaspérait. Je ricanais de voir ramper mes camarades pour lui complaire. En présence de Béatrice ils se répandaient en guimauve ; mais plaisantaient grassement dès qu'ils se retrouvaient entre eux.

Je ne voulais pas faire le beau. Pas même y songer. Je préférais encore être désagréable. Un jour qu'elle me demandait de porter son sac, je rétorquai que ce n'était pas les laquais qui lui manquaient. Que m'importaient ses éblouissants sourires s'ils étaient la récompense d'un avilissement de caniche ? Si je n'avais pas la prétention de sortir du lot, j'avais celle de n'en pas faire partie.

De tous les prétendants, ce fut pourtant moi que Béatrice choisit ! A la fin de l'année scolaire, elle me prit par la main à la sortie des classes et m'entraîna dans un square. Le soleil de juin l'illuminait. Elle fut la première que j'embrassai de ma vie. Sa langue s'enroula autour de la mienne. Au début cela me désarçonna ; puis je trouvai tout merveilleux. Cela se passait sous un grand marronnier, qui n'a plus osé bouger depuis. A la fin de la semaine, Béatrice partit en vacances. Tout l'été je songeai à elle.

A la rentrée suivante j'arrivai le premier jour très tôt au collège. J'avais hâte de la retrouver. Mais elle avait changé d'établissement. Je ne fus pas plus surpris que cela. Depuis longtemps j'étais familier des disparitions. C'est même le contraire qui m'eût étonné.

Je montai en cours. Le premier était celui de chimie. Il fallut faire un exercice. Je le résolvai en moins de deux, découvrant soudain que je savais la règle de trois. Je savais la règle de trois alors que cette opération m'avait torturé toute l'année précédente, détruit le moral jusqu'à la terreur, dressé en mur. Deux mois plus tôt j'étais incapable de faire une règle de trois, et voilà que sans faire le moindre effort ni seulement y songer je savais sans qu'on me l'explique la règle de trois, dès le premier cours de chimie je savais poser et résoudre une règle de trois, je comprenais de quoi il s'agissait comme si je l'avais toujours su et que la règle de trois était une évidence qui faisait partie de moi depuis ma naissance.

Des mois durant je posai partout des règles de trois : sur les tables, mon lit, le visage de mes parents, les rues et jusqu'au plafond. Tout n'était que règle de trois, que je résolvais frénétiquement, à chaque instant. Le monde était une facile règle de trois.

Cette euphorie dura tout le premier trimestre, durant lequel je me demandais quel secret unissait la règle de trois, Béatrice et notre baiser. Quelle était la nature de cette rencontre fortuite ? Si un premier flirt me révélait la règle de trois, à quelle découverte devais-je m'attendre lorsque je ferai l'amour ? Et si c'était avec deux femmes ? A trois dans un lit, comme mes parents ? Inversement, à quoi tenait la découverte de la loi d'Avogadro Ampère ? La marchandisation du monde ? Tout m'apparaissait soudain lié, participant d'une totalité vitale qui se recomposait sans cesse malgré les barrières, les séparations et les apparences ; j'aurais pu m'échiner longtemps à comprendre la règle de trois si son secret ne lui appartenait pas.

Depuis ce jour, j'ai su que rien ne s'affrontait de face car tout est buée, condensation d'autre chose, un problème d'algèbre ou de cœur. Béatrice n'avait pas disparu en vain : elle était toujours là, fée algébrique devenue, m'accompagnant partout, on ne sépare pas les continents impunément.

Une jeune femme à qui je racontai cette histoire me révéla qu'elle était nulle en orthographe à l'école. Jusqu'à ce qu'elle eût ses premières règles : subitement, elle cessa de faire des fautes et se découvrit une aisance à l'écrit qu'elle pensait lui être interdite. Les règles de la grammaire qui, jusque-là, lui étaient apparues monstrueuses avaient comme par magie cessé d'être un mystère pour elle.

Je me rappelai alors que ce fut cet été-là que je me réveillai une nuit des fourmis dans tout le corps. Mes nerfs crissaient sous ma peau et je n'arrêtais pas de me tordre sur mon lit comme s'il était brûlant. Je n'avais mal nulle part, pourtant j'avais envie de crier. Je serrais les dents ; mais c'était comme une force qui m'écartelait et je gémissais en étouffant ma voix dans mon polochon. Je me sentais misérable. Malgré moi je me frottais le torse, la peau, partout ; j'étais plein d'orties ; au bout de mon lit mes orteils gigotaient dans tous les sens. C'était exquis et atroce à la fois. Qu'est-ce qui m'arrivait ? D'exaspération, des larmes me montaient aux yeux. Je n'en pouvais plus de cette tension qui me tordait les sangs. Mais c'était plus fort que moi. J'embrassais à pleine bouche mon polochon et bavais dessus. Je voulais le déchirer ou je ne sais quoi qui me soulagerait enfin. J'avais l'impression d'enlacer un corps vivant et je me noyais tout entier dans les plumes. Je me sentais dépossédé de moi-même. Comme déchu. J'étais prêt d'éclater en sanglots. Lorsque je m'entendis appeler Béatrice. Oui, c'était elle, Béatrice, son visage, ses lèvres, je ne pouvais plus m'arrêter de gémir son nom, j'avais honte, mais je l'appelais en étreignant mon polochon, en me vautrant dessus, en me dressant soudain pour le chevaucher furieusement et le bourrer de coups de reins venus de je ne sais où.

Lorsque je sentis mon polochon humide sous moi. Je m'écartai vivement : il était souillé de taches, comme de la morve qui tissait des fils gluants. Je m'essuyai fébrilement sur mes couvertures. Ça avait un drôle de goût salé qui persistait au fond de la gorge. Je retournai mon polochon du côté sec. J'écoutai au-dessus de moi la respiration de mon frère ; il semblait ne s'être rendu compte de rien. Je me recroquevillai contre le mur. Je ne voulais plus penser à rien. Ce n'était pas vrai que j'avais embrassé mon polochon et tout le reste. Ce n'était pas moi. Je l'aurais su si une chose pareille était normale. On me l'aurait dit.

En même temps j'avais la sensation bienfaisante qu'un poids venait de m'être ôté.

Après cette nuit, j'apprends à mener une énième double vie. Matin et soir je me masturbe en cachette sous mes couvertures en pensant à Béatrice. A la fin de l'été, je compte avec fierté les poils qui commencent à me pousser. Je tire dessus pour accélérer le processus. J'arrête le jour où un poil me reste entre les doigts. Toute la journée je suis catastrophé.

C'est à cette époque que je découvre les *comics* américains, suivant avec avidité les aventures de ces héros obligés de dissimuler au monde leurs super-pouvoirs qui les rendaient solitaires dans l'existence. N'avais-je pas moi-même de super-pouvoirs qui m'étaient venus, une nuit, comme le docteur Banner se transformant soudain en l'incroyable Hulk ?

C'était dans les années quatre-vingt, je ne sais plus la date exacte, peu importe. Le Tanztheater de Wuppertal de Pina Bausch donnait un spectacle de danse au Théâtre de la Ville. Un maître nageur en maillot de bain rouge et paradant comme un dindon vint annoncer l'entracte. Comme tout le monde, je me levai pour me dégourdir les jambes et commençai à descendre les travées. Lorsque j'aperçus une danseuse qui était restée sur scène. Debout dans la pénombre du décor, elle se tenait immobile, visage baissé. Son attitude était incroyablement misérable.

J'eus aussitôt la certitude qu'il se passait quelque chose d'anormal. Malgré la distance, je sentais qu'il émanait d'elle une tension, quelque chose d'innommable qui la clouait sur place et pétrifiait l'air. Personne ne semblait rien remarquer et je m'affolai de cette indifférence. Se pouvait-il que nul ne fasse la distinction entre ce qui est factice et ne l'est pas ? Il ne s'agissait pas d'une émotion trafiquée, j'en étais certain. Les spectateurs passaient devant la scène, certains intrigués, mais pas au point de s'arrêter et de se détourner du chemin déjà tracé, poussés par l'irrévocable nécessité d'aller fumer une cigarette, pisser un coup ou boire un verre, en discutant de tout et de rien avec une égale imperméabilité au drame qui se déroulait juste à côté d'eux.

Elle pouvait mourir à tout instant, c'était l'évidence même, sa vie ne tenait qu'à un fil, personne ne voyait donc que la mort était en train de l'attaquer et menaçait de l'emporter ? Pourquoi fallait-il que je sois le seul à m'en rendre compte ? J'avais envie de déchirer les gens comme des feuilles de papier. En même temps je me raisonnais. La présence de la danseuse sur scène pendant l'entracte faisait partie du spectacle, il s'agissait de provoquer le public, une manière de signifier que le show continuait même lorsqu'il s'interrompait – à moins que ce ne soit la vie qui continue pendant le spectacle. Quoi qu'il en soit, tout était calculé pour soutirer ce genre d'émotion au public et j'étais bien niais de prendre cette mise en scène au sérieux. L'angoisse que je ressentais n'était que la mienne : c'est ce qu'on nous apprend à longueur de journée et, en mon for, je m'employais à renier mes sensations.

Rien n'y fit. Je demeurais convaincu que la détresse de la danseuse n'était pas préméditée. La menace qui planait sur elle n'était nullement du chiqué. Ce n'était pas moi qui inventais les ondes catastrophiques qui émanaient d'elle : je n'ai pas ce pouvoir-là. Je pris le bras de la femme qui m'accompagnait à l'époque dans la vie et, ce soir-là, au théâtre.

Mais elle ne comprit rien à ce que je lui dis. Elle voulait aller aux toilettes. Je la laissais disparaître dans la cohue.

La danseuse était à une quinzaine de mètres de moi. Lorsque je montais sur la scène, ce fut plus fort que moi. Peu importait le Théâtre de la Ville, Pina Bausch, le respect de la culture. En une seconde je fus à côté d'elle. Elle pleurait. Yeux fermés elle pleurait. Son visage était inondé de larmes. De la morve coulait de son nez jusque sur ses lèvres et son menton. Ses traits étaient d'une cruauté terrible. Je n'étais pas surpris. Même si je ne m'attendais à rien de précis, il était impossible que je me sois trompé.

Elle ne m'avait pas entendu arriver et, devant elle, je restai stupide. Dans mon esprit, ma seule intervention devait suffire. Je lui pris finalement la main. Je crus qu'elle allait pousser un cri ; mais au lieu de cela, elle commença à me serrer les doigts de toutes ses forces. Ses yeux restaient fermés et à aucun moment elle ne les ouvrit. Nous ne nous adressâmes pas un mot. Nous restâmes ainsi, l'un en face de l'autre, nous tenant la main, jusqu'a la fin de l'entracte.

Elle ne me lâchait pas. Sa main broyait mes phalanges et je répondais en serrant à mon tour ses doigts. C'était une sorte de dialogue entre nous, fastidieux à la longue.

Il me suffisait de savoir qu'il y avait eu quelqu'un pour elle, peu importait que ce fût moi. Elle avait cessé de pleurer et son visage devenait peu à peu tolérable. Dans mon dos, j'entendais les hôtesses qui m'ordonnaient à voix basse de quitter la scène. Elles n'osaient venir me chercher.

Ce n'est que lorsque la sonnerie annonçant la fin de l'entracte retentit que la danseuse libéra ma main. Sans un mot ni un regard elle disparut côté jardin, comme volant au-dessus du sol. La danseuse avait repris ses droits. Je regagnai ma place. J'affectai de ne pas voir les gens qui me regardaient d'un air malsain. Je rejoignis celle qui m'accompagnait. “Il faut toujours que tu te fasses remarquer”, siffla-t-elle entre ses dents, tandis que le noir se faisait dans la salle et que reprenait le spectacle, dont je ne garde aucun souvenir.

Comment aurais-je pu lui expliquer que ce n'était pas la première fois que je voyais cette danseuse ? Sur l'instant, je l'ignorais moi-même. Et pourtant : dix ans auparavant, c'était bien elle qui, à l'époque, avait vingt ans de plus et errait, magnifique amertume, dans la nuit.

Je la rencontrai derrière la rue de Tilsitt. J'avais à peine seize ans et, en cachette de mes parents, j'étais sorti en pleine nuit, m'échappant par le balcon après avoir attendu, le cœur battant, que toute la maison soit endormie. Cela faisait deux trois mois que je faussais ainsi compagnie à tout le monde. J'avais la ferme intention d'aller au devant de la vie. Il m'avait fallu des semaines pour oser passer à l'action. La première fois, je n'étais resté que quelques minutes dehors, le ventre noué à l'idée que mon absence soit découverte et ne sachant de toute manière où aller dans la nuit. Il faisait froid et la rue Marbeuf était un silencieux et décevant désert. J'étais retourné me coucher.

Mais l'inconnu m'appelait. Je rêvais de rencontres absolues, de visions formidables. Peu après je recommençai, poussant cette fois jusqu'aux Champs-Elysées. Tout de suite je sentis le souffle. C'était plein de lumières et de gens qui avaient l'air de vivre des choses passionnantes. La nuit semblait réjouie. Enfin j'étais dehors. Avide de tout, je marchais vite cependant, pour donner l'impression de savoir où j'allais afin de ne pas éveiller l'attention. Puis je rentrai me coucher. Personne n'avait remarqué mon absence. Mais que l'on m'eût pris, je n'eus rien regretté tant les émotions que je venais de vivre m'appartenaient.

Ainsi pris-je l'habitude de sortir en douce dès que c'était possible. Il ne m'arrivait cependant jamais grand-chose. Marchant au hasard des bruits, je ne rencontrais personne qui me donnât envie de le connaître, quand ce n'était pas de fuir. Je comprenais aussi qu'il aurait fallu que j'aie de l'argent pour aller au devant de la ville. Je m'en fichais. J'allais, embrassant les ombres et les lumières qui s'offraient, grisé par mon audace, enfin seul, et cette liberté était une euphorie suffisante. M'évader était déjà toute l'aventure. Soudain le temps n'était plus répétitif. Tout se parait d'une beauté âpre et incertaine, que ceux qui dormaient ne soupçonnaient même pas. J'avais beau connaître la plupart des rues pour les emprunter le jour, elles devenaient méconnaissables la nuit, frémissantes et fantasques, et c'était cette métamorphose qui m'éblouissait. Je me sentais vivant. Le monde était vaste.

J'en reculais d'ailleurs peu à peu les limites, m'enhardissant au-delà du Drugstore des Champs-Elysées pour explorer les abords de la place de l'Etoile, et notamment la rue de Tilsitt, où je découvris que des créatures à moitié nues interpellaient la nuit. Je savais qu'il s'agissait de prostituées, mais cela ne voulait rien dire pour moi. Lorsque j'en voyais monter une dans une voiture, mon imagination s'arrêtait au claquement de la portière. Sans doute devait-elle se rendre à une soirée où tout le monde, à la fin, prenait une douche.

Certaines étaient si belles qu'elles me rappelaient madame Fenwick. Je ne cessais de passer et repasser devant elles, dissimulant mon immense convoitise derrière une nonchalance si bien feinte qu'elle m'empêchait même de lorgner vers ce que je désirais pourtant si ardemment voir de près. Il était trop tard ensuite et je ne me retournais pas, continuant d'avancer comme si je flânais au bord de l'eau ; mais au vrai déconfit et furieux contre moi.

Il arrivait que l'une de ces déesses me sourît : j'étais alors près de m'évanouir sur place, tout mon sang se vidant à l'idée de ce que cela pouvait signifier. J'allais ensuite cacher mes minuscules seize ans dans une rue déserte, avant de revenir comme un loup sur mes pas. Une heure entière je pouvais observer à distance l'une d'entre elles qui me plaisait. En rentrant, j'emportais avec moi son image comme une promesse que je me tenais ensuite frénétiquement à moi-même sous mes couvertures.

La fois suivante, je cherchais à la retrouver ; mais elle avait le plus souvent disparu et c'était alors une autre qui m'attirait. Car il y en avait toujours une qui pouvait convenir à mes yeux et cette évidence était exaltante. Ainsi m'inventais-je de prodigieux rendez-vous nocturnes, qui tenaient mon imagination en alerte tout le reste de la semaine. Grâce à eux ma vie se dégondait de l'ordinaire.

Une fois j'assistai à une scène extravagante : une grande blonde, totalement hors d'elle, insultait un homme qui s'éloignait sans demander son reste. Elle avait jeté son sac par terre et trépignait littéralement de rage sur place, hurlait et faisait de grands gestes, on sentait que rien ne semblait pouvoir la calmer et tout en elle explosait dangereusement, une vraie crise de nerfs, lorsqu'elle releva soudain sa minijupe et se mit à ôter sa culotte, la faisant glisser le long de ses jambes nues avant de s'en débarrasser au loin et tourner les talons, son sexe superbement exhibé. Soudain elle était apaisée. Se déculotter avait fait retomber sa colère, comme si sa culotte l'avait jusque-là contenue. Je rentrai cette nuit-là me coucher ravi, mais très perplexe sur les dessous féminins.

C'est dans cette nervosité de la nuit que je l'aperçus : toute petite dans la rue, elle titubait légèrement sous une pluie fine qui s'était mise à tomber sans prévenir, vidant les rues. Elle n'arrêtait pas de fouiller dans son sac, ce qui entravait encore sa marche. Il y avait surtout cette capeline verte dans laquelle elle s'emmitouflait. Un vert bouteille, qui semblait surgir de la nuit comme pour lui faire de l'ombre. Plus que vers elle, c'est vers lui que je marchais. Il semblait vouloir dire quelque chose, appeler je ne sais qui, agiter je ne sais quoi. Au bout de la rue, un feu passa au vert : c'était comme un signe ; lorsqu'il repassa au rouge, je m'attendis presque à ce qu'elle en fasse autant. Sans le savoir, j'étais déjà prêt à tout traverser.

Arrivé à sa hauteur, je la dépassai en affichant mon fameux air imperturbable. Mais c'était trop bête à la fin. J'en avais assez de passer à côté des choses et des êtres. Que tout me fuie. La rue était déserte : je revins sur mes pas et, le cœur battant, je lui demandai si elle avait perdu quelque chose. J'aurais voulu trouver une phrase moins stupide, que ma voix soit plus grave, mais l'aborder était déjà une immense victoire. Elle leva à peine les yeux vers moi et grommela des mots que je ne compris pas. Je m'approchai. Elle devait avoir une cinquantaine d'années. Peut-être moins. La pluie plaquait ses cheveux sur son crâne et il y avait quelque chose de navré dans ses épaules.

Lorsqu'elle se retourna pour me faire face, je restai saisi par l'intensité de son visage. Sa bouche souriait alors que ses yeux avaient l'air de pleurer, c'était une expression insensée, comme si ses traits se disputaient un désastre, on aurait dit que tout en elle avait été retourné comme un gant pour s'exhiber à fleur de peau, crier à l'aide ou je ne sais quoi, rire au nez ou déborder d'humanité. Jamais je n'avais vu un visage aussi irrémédiable. En même temps, sa capeline s'ouvrait largement sur sa poitrine et je vis tout de suite qu'elle était quasi nue dessous, son sein dépassait, c'était inespéré, un sein tout plat et inerte, comme une galette écrasée, mais je m'en fichais.

Ce sein offert était une folie. Je ne pouvais m'empêcher de lorgner dessus et, comme au sortir d'une longue ankylose, j'avais des fourmis dans tout le corps rien qu'à l'effleurer du regard. C'est à partir de là que je cessai d'avoir mon âge. Mon sexe s'était dressé, il n'en finissait pas de se dresser dans mon pantalon et d'affolantes palpitations le faisaient bondir. Jamais je n'avais ressenti une telle émulsion de mon être. Cela n'avait rien à voir avec mes séances sous les couvertures.

J'avais peur qu'elle se rende compte de quelque chose. Il ne fallait pas qu'elle sache. Elle aurait cru je ne sais quoi. Aurait eu peur ou pire. Se serait aussitôt rajustée. Aussi restais-je impassible devant elle, engageant la conversation comme si de rien n'était. Comme si tout était normal : elle, moi, son affolante nudité dans la nuit et l'infini qui m'électrisait chaque fois que je posais les yeux sur son sein qui ruisselait sur sa poitrine.

Elle m'écoutait à peine, plus préoccupée du contenu de son sac que de celui de mes propos. Cela me convenait. Je pouvais la contempler sans vergogne. Qu'elle ne me regarde pas était tout ce que je demandais. Je ne voulais pas qu'elle me voie. Je ne voulais aucun regard qui ne soit le mien.

A un moment, je lui dis qu'elle ressemblait au petit chaperon vert. Elle eut un petit rire de fillette. “Alors c’est toi le loup”, plaisanta-t-elle. Elle ne me prenait pas au sérieux et je me sentis ridicule. Sa voix était molle et pâteuse. Une petite croûte de salive collait au coin de ses lèvres et j’étais fasciné par elle. C’était comme une petite chose répugnante qui me faisait signe. Mon sang galvanisait dans mes veines.

Je n’avais pas la moindre idée de ce que je voulais. Je ne voulais rien. Je voulais seulement rester avec elle. La retenir était tout ce que je voulais. Je ne voulais pas qu’elle s’en aille, non, elle n’allait pas disparaître comme les autres, pas elle, pas cette fois. Il pleuvait toujours et je lui dis qu’on ferait mieux de s’abriter sous un porche, elle allait être trempée. Mais elle n’écoutait pas. Elle n’avait pas l’air bien. Oscillant sur place, elle fermait parfois les yeux, puis les écarquillait brusquement et regardait autour d’elle d’un air incrédule.

Un instant je me dis que j’allais la laisser tranquille. Mais au lieu de cela, j’avançai la main vers son visage et touchai sa joue. Je tremblais. Elle ne réagit pas. Je m’enhardis. J’emmêlai mes doigts dans ses cheveux trempés et les tirai un peu à la racine. Mes gestes avaient l’air de savoir tout seuls ce qu’ils faisaient. Je fis dodeliner son visage de droite et de gauche. Elle ferma les yeux. Elle était à ma merci.

Alors je l'embrassai dans le cou, sur la joue, partout sur le visage, la léchant à moitié, buvant ses traits. Je ne savais plus ce que je faisais. Je trouvai ses lèvres. Elle les ouvrit. C'était chaud, incroyable. En même temps mes mains empoignaient ses seins, les pressaient, s'en gavaient. Je ne pouvais plus m'arrêter. Mon sexe était fou dans mon pantalon. Je la plaquai contre la voiture. Elle se laissa faire. Je suffoquai d'émotion et me reculai pour reprendre mon souffle. Je la contemplais : elle était dépoitraillée, sa capeline tombait sur ses épaules, elle me regardait d'un air étrange, tout était d'une beauté indescriptible.

Sans cesser de caresser ses seins, je me mis à lui raconter n'importe quoi. Voir mes mains courir sur sa peau m'hallucinait moi-même. J'aurai voulu qu'elles s'enfoncent dans sa chair, déchirent ses côtes qui saillaient, passent au-delà de son corps, tout excéder. Elle se dégagea un peu et articula d'une voix morne qu'elle devait partir. Je ne l'écoutai pas. Je ne voulais pas l'entendre. Elle n'avait rien à dire. Seules mes mains existaient. Mes mains qui la déshabillaient, cherchaient je ne sais quoi qui briserait la terre. Me rendrait immortel.

Je l'embrassai avidement. Elle ne fit pas un geste pour se défendre. Tout en elle était mou. Je la coinçai de nouveau contre la voiture. Je ne contrôlais plus rien. J'attrapai sa main et la plaquai sur mon sexe. Je voulais lui montrer. Qu'elle sache. Qu'elle prenne ma bite et la presse de toutes ses forces et je ne savais quoi encore. En même temps je cherchai à écarter ses cuisses. Je voulais savoir. Tout s'emballait en moi. Je la mordis dans le cou. Elle poussa un petit cri. Elle était à moi. Lorsque je l'entendis murmurer : "Pas toi. Non. Pas toi."

Ce fut comme si j'avais reçu une gifle. Je la lâchai aussitôt. Elle avait parlé d'une voix terriblement lasse. Comment ça pas moi ? Pourquoi pas moi ? Je ne savais plus où j'en étais. Tout vacillait dans la rue. Je la vis ramasser son sac qui était tombé à terre. Quoi moi ? Savait-elle quelque chose que j'ignorais ? Qu'est-ce que j'avais de particulier ? Qu'elle le dise.

Mais elle s'était déjà éloignée et traversait la rue en faisant des efforts pour marcher droit. Je ne comprenais pas. Elle n'avait rien compris. Ce n'était pas ce qu'elle croyait. Je l'aimais. Je voulais vivre avec elle. Je la vis héler un taxi. Ce n'était pas possible. Je la rattrapai en courant. J'arrivai à sa hauteur alors qu'elle s'installait sur la banquette arrière. Je voulais la revoir. S'il vous plaît. Je lui pris la main. Elle me dit que ce n'était pas grave. Une autre fois. Sa main pressa mon bras. Je sentais la présence du chauffeur de taxi et la lâchai. Elle ferma la portière. Je restai sur le trottoir. Je ne savais plus qui j'étais. Qui ça : moi ?

Des nuits entières je la cherchai partout. J'arpentai le quartier sans relâche. J'étais persuadé qu'elle allait revenir. Elle aussi devait me chercher. Elle n'avait pas pu m'oublier.

J'osais une fois demander dans un bar qui restait ouvert la nuit si personne n'avait vu une femme vêtue d'une capeline verte. Il fallut que j'explique le mot capeline. D'odieux sourires passaient dans les yeux du barman. Je ne la retrouvai jamais.

Au lycée, je dessinai longtemps dans les marges le visage d'une femme dont la bouche souriait et les yeux pleuraient. J'ai encore des croquis. Mes résultats scolaires devinrent catastrophiques. Je ne croyais plus en rien. Ni le jour ni la nuit ne m'avait exaucé. Madame Fenwick avait disparu et la femme à la capeline n'avait pas voulu de moi. Le soleil et la lune s'étaient pareillement dérobés au dernier moment. Vers quoi tendre ? Nulle part je n'avais de place. Qu'est-ce qui n'allait pas avec moi ?

Avant de m'endormir, j'imaginais parfois madame Fenwick et la femme à la capeline : elles s'enlaçaient et commençaient à se caresser ; mais elles se mettaient soudain à se dévorer et tout virait finalement au carnage. Elles ne pouvaient tenir toutes les deux dans la même scène, comme le jour et la nuit sont irréductibles. A quel moment s'était glissée l'erreur ? Je voulais des réponses.

Lors d'un devoir d'anglais, je développai l'idée que la peine de mort était préférable à la prison à vie. La professeur d'anglais nota rageusement ma copie. Devant toute la classe, elle crut bon d'en faire un exemple à ne pas suivre. Elle ne cherchait pas seulement à nous apprendre l'anglais et, là encore, cela me fit réfléchir sur la littérature. Je lui répondis que mon point de vue n'était pas celui du juge, mais celui du condamné. "You can not understand", lui lançai-je avec insolence. Elle me sortit de la classe en jetant toutes mes affaires dans le couloir.

Je cessai de sortir en cachette. Toutes mes nuits, je les passais dorénavant l'oreille collée à un petit poste de radio que j'avais volé dans un magasin. Une fois je surpris un débat. "On peut faire l'ange pour nier la mort comme on peut faire la bête pour l'oublier, il n'en demeure pas moins que nous sommes des êtres humains et que c'est à partir de là qu'il y a quelque chose à inventer", disait une voix. Je retins cette phrase par cœur.

Une autre nuit, un homme raconte qu'il a totalement raté sa vie professionnelle, mais parfaitement réussi sa vie sexuelle. C'est une grande perplexité sous mes couvertures. Il existerait donc plusieurs vies, et non une seule, et ces vies séparées rivaliseraient entre elles. Se dévoreraient même. Pourquoi ?

C'est deux ans plus tard que je me retrouve pour la première fois dans un lit avec une fille. Cela ne se passe pas du tout comme prévu : j'ai beau remuer sur elle, impossible de la pénétrer, mon sexe bute désespérément sur un os sans parvenir à trouver l'entrée. C'est infernal. Je me dis que nous ne devons pas nous aimer assez fort. Il n'y a pas d'autre explication. Mon amour n'est pas digne de le faire. Je suis mortifié. Mais rien à faire, elle est tout aussi inexpérimentée que moi et je finis par laisser tomber, dissimulant mon sexe hoquetant et réprimant une douleur citron qui vrille mon bas-ventre.

Il me faudra un certain temps pour comprendre qu'il faut mettre les mains pour aider à la pénétration. J'ignorais que c'était permis. Jamais je n'avais vu faire ce geste nulle part, ni dans un film ni dans un livre ; partout les histoires auxquelles j'avais accès humiliaient la réalité. L'amour ne suffisait donc pas, il y fallait aussi de la technique. Le plaisir passait par là. Je n'étais pas un ange.

Ce jour-là, je compris que la vie commençait là où s'arrêtaient les images. Là où il me fallait improviser, livré à moi-même, sans plus aucune représentation venant précéder mes actes pour leur dicter une conduite. Dans une chambre, l'aventure devenait pour une fois la mienne : il s'agissait d'inventer à partir de soi, quel que soit son état. D'être enfin présent, en corps et en esprit, tout entier aventuré. Jamais je n'ai perçu l'aventure sexuelle comme une pratique sociale ni une formalité à rendre à la nature, mais comme l'une des rares possibilités que j'avais de me livrer avec quelqu'un à une expérience humaine qui me dépasse (en temps de paix).

Récemment, une toute jeune fille a, dès le premier soir, sorti de son sac une petite fiole contenant de quoi lustrer son anus. Ce n'était pas qu'elle y tenait, mais elle supposait que tous les hommes aiment ça et "il faut tout faire dans le sexe", me dit-elle. Ce "il faut" était extravagant. A même pas vingt ans, elle en connaissait mille fois plus que moi à son âge et, par comparaison, ma jeunesse m'apparaissait bien naïve. Il me semblait pourtant qu'il s'agissait toujours de la même ignorance du sexe, qui était seulement devenue terriblement savante. Lorsqu'elle s'endormit, elle suçait son pouce.

Dix-sept ans. Avec mes parents nous partons dîner un soir au Pub Renault, sur les Champs-Elysées, comme nous en avons l'habitude les périodes fastes. Alors que mon père s'attarde dans l'escalier, j'enlace subitement ma mère dans la cour de l'immeuble et l'embrasse sur la bouche ; loin de se refuser, sa langue trouve la mienne. C'est un long baiser salace entre nous. Ma main caresse son dos, puis ses fesses. Une partie de moi me regarde faire et ne participe pas à l'action. Enregistre le moindre détail. Nous nous séparons avant que survienne mon père.

Lorsqu'il paraît, ma mère passe gaiement son bras sous le sien. Elle l'embrasse sur la joue et l'entraîne rapidement en jetant des regards furtifs vers la loge de la concierge et les fenêtres de l'immeuble. Devant moi, elle ondule un peu des hanches.

Dans la rue, je m'attends à chaque instant à être foudroyé sur place. Je regarde le ciel pour voir s'il ne me tombe pas sur la tête ; je regarde *réellement* le ciel. Mais non, il ne se passe rien, pas le moindre éclair, aucun signe, nulle intervention. Pas même un pigeon écrasé sous mes yeux. Les nuages sont comme d'habitude. Les voitures s'arrêtent au feu rouge. Elles redémarrent au vert. Père et mère traversent dans les clous. Je les suis. Mon geste n'a rien changé. Tout est resté en place. Le monde demeure semblable et je reste son prisonnier. Mon intervention n'a servi à rien. Provoqué aucun séisme. C'est toujours la même oppressante vacuité. Le même temps qui se répète. La même mort dans la vie. C'est toujours moi.

Deux ou trois jours plus tard, ma mère me dit gravement : "Il faut oublier ce qui s'est passé l'autre jour. C'était un coup de folie. Tu comprends." Je comprends. "Mais pourquoi as-tu fait ça dans la cour ?" Elle voudrait savoir. A sa voix, je sens que c'est la seule question qui la travaille. Comme une faille dans ce qui vient de se passer. L'embrasser dans la cour la choque plus que le fait que je l'aie embrassée tout court.

Vingt ans plus tard, je vais voir mon père à la campagne et lui raconte cette scène. Nous marchons sur un chemin de terre, comme sur la photo aux bords crénelés. Il dit : "Ce sont des choses qui arrivent."

Je crois être revenu de tout lorsque, rentrant chez moi un soir, je reconnais, parmi divers messages, la voix de mon père sur mon répondeur téléphonique. Comme chaque fois qu'il parle dans le vide sa voix est empruntée. Il dit : "Allô… Grégoire… C'est papa… Excuse-moi de te déranger, mais ta mère vient de sauter par la fenêtre… Je suis avec les pompiers. On part tout de suite pour l'hôpital… Voilà. Je voulais te prévenir. Je te rappelle pour te donner des nouvelles. Je t'embrasse. A plus tard."

Je suis debout à côté du répondeur. J'ai cessé de respirer. Je ferme les yeux. Je me répète intérieurement : "Pas ça. Non. Pas ça." C'est comme un cri, que je ne parviens pas à pousser. J'ai conscience du silence dans la pièce. De celui qui vient de la cour de l'immeuble par la fenêtre ouverte. Il fait doux dehors. Il n'a pas dit dans quel état elle est. Si elle était morte ou quoi. J'ai soudain l'image de son corps écrabouillé. Cinq étages. Je rouvre les yeux. Je regarde le mur devant moi. Pose mes deux mains à plat sur la pierre. Je ne sais pas quoi faire. Aucun geste ne me paraît suffisant. Il n'a même pas dit quel hôpital. Pourvu qu'elle soit morte. Tout plutôt que vivante en mille morceaux. Réduite à l'état de tronc. Peut-être moins que tronc. Je ferme les yeux. Elle a donc fini par le faire. Je me frappe plusieurs fois la tête contre le mur.

Puis j'attends dans le noir que mon père appelle. J'ai tout le temps d'imaginer ma mère après une chute de cinq étages. Quinze mètres, c'est ce que cela doit faire. A vue de nez c'est ce que je calcule.

Elle est à l'hôpital Saint-Antoine. Elle est vivante. Elle n'a rien. Pas même un bras cassé. Une côte fêlée. Juste un tassement des vertèbres. Dans deux trois jours elle devrait pouvoir sortir, une fois terminés tous les examens. Pour l'instant elle dort. Les médecins n'en reviennent pas. Jamais ils n'ont vu ça. Ils parlent de miracle. "De cette hauteur, on ne retrouve plus rien en général", me dit l'interne de garde.

Elle s'est écrasée sur le toit en zinc d'un petit appentis qui a amorti sa chute. En se penchant par la fenêtre, on distingue l'empreinte que son corps y a laissé en position de chien de fusil, comme un moule dans lequel on pourrait couler du plâtre. En refermant la fenêtre, je songe que défier les lois semble une spécialité dans ma famille.

Avec mon père, nous la veillons une partie de la nuit. Ma mère est installée dans un lit derrière un grand rideau bleu. Il n'y a rien que nous puissions faire alors nous partons manger un morceau dans la première brasserie venue. Mon père me raconte qu'il est arrivé trop tard cette fois pour la rattraper. Il n'en revient pas de ce qu'elle a fait. Il a presque l'air admiratif.

Le lendemain, nous retournons la voir. Ma mère entrouvre les yeux. Son visage est livide et en même temps très lisse. Elle me prend la main. Dans un souffle elle murmure : "Même la mort ne veut pas de moi." J'esquisse un sourire. Je lui dis que c'est encore heureux.

ACHEVÉ D'IMPRIMER EN AOÛT 2002
SUR LES PRESSES
DE L'IMPRIMERIE SAGIM À COURTRY
POUR LE COMPTE DES ÉDITIONS ALLIA

ISBN : 2-84485-098-7
DÉPÔT LÉGAL : AOÛT 2002

1ère EDITION : AOÛT 2002
3e EDITION : OCTOBRE 2002